ALEX W. du PREL

LE BLEU
QUI FAIT MAL
AUX YEUX

Nouvelles des îles de Polynésie

Edition révisée et corrigée
avec quatre nouvelles rajoutées

Les Editions de Tahiti

Note : dans ce livre, 4 nouvelles ont été rajoutées à celles de l'édition originale. Les autres ont été corrigées et révisées.

du même auteur :
   « Le Paradis en Folie » (3 éditions)
         - avec Tom J. Larson :
   « Bora Bora, History and G.I.'s in Paradise »

      - « Tahiti Blues " (en anglais, version électronique)
      - « Crazy Tahiti Paradise » (en anglais, version électronique

Couverture : *"La pause"*, acrylique de Philippe DUBOIS,
                  artiste peintre à Moorea.

Copyright 2011 Alex W. du Prel / Les Editions de Tahiti
B.P. 368, MOOREA, Polynésie française
                     alex-in-tahiti@mail.pf
Tous droits réservés.

ISBN 978-2-907776-37-0

Cette édition est dédiée
à feu Marlon Brando
qui avait eu la magnanime gentillesse de me
"prêter" son bel atoll pendant deux ans.

SOMMAIRE

Teiki   9

Francesco   25

Une perle rare   33

Métal profond   47

Le fantôme du Palace Hôtel   51

La vraie classe   65

La malle de l'espoir   75

Les Marquises, ça se mérite   89

Un sujet de Sa Majesté   99

Vengeance, douce vengeance   109

Le bleu qui fait mal aux yeux   119

La honte du vieux   137

-    L'auteur   139

TEIKI

LAISSEZ-MOI vous conter une histoire des îles Tuamotu, ce magnifique collier d'atolls aux lagons d'émeraude.

Cela se passe sur l'une de ces îles, l'atoll de Tangatoa, très réputé pour ses magnifiques perles et la gentillesse de ses habitants. C'est là-bas que Mark a construit son hôtel. C'est là-bas que Teiki pousse sa brouette et rit lorsqu'il voit Mark.

Cette histoire n'est pas celle de Mark. Nous la conterons une autre fois. C'est un personnage très pittoresque, Mark. Maître absolu de son petit hôtel perdu au bout du monde, il fait surtout la navette entre son hamac et le bar. De temps en temps, quelques touristes intrépides osent troubler cette routine. C'est un mépris des lois classiques de l'hôtellerie qui a contribué au succès de l'entreprise. Une totale indifférence pour les désirs d'une clientèle fortunée et assez folle pour faire un détour de 800 km et se faire ignorer par le patron du seul hôtel de l'île.

Mais si, par le suite, Mark vous juge digne de son intérêt, il vous fera vraiment découvrir l'ambiance et la gentillesse de la vie des îles. Les plages immenses sans personne. Les récifs multicolores du lagon. Les vahinés les plus belles. Bref, tout un monde que vous n'auriez jamais osé imaginer. C'est ma troisième visite.

Le soleil de midi nous a chassés à l'ombre du bar. J'échange les derniers ragots de Papeete avec Mark. Arrive devant nous un Polynésien très musclé, très digne, un peu trapu. Je reconnais Teiki.

Il pousse une brouette remplie de feuilles et d'un râteau. Il la pose et nous nous saluons. Et il continue en ricanant.

- « Il m'énerve, il m'énerve, dit Mark.»
- « Pourquoi est-ce qu'il rigole comme ça ? »
- « C'est une longue histoire. Peut-être que tu comprendras. Déjeune avec moi. S'il n'y a pas d'emmerdeurs, je te raconterai.»

Une heure plus tard, nous passons à table. Il n'y avait pas "d'emmerdeurs". Titine nous apporte un grand plat de carangues, sûrement un des meilleurs poissons du lagon. Mark se sert et commence à me raconter l'histoire de Teiki, le Paumotu (habitant des Tuamotu) :

- « Teiki est né ici, à Tangatoa, il y a plus de quarante ans. Sa mère, à l'époque une ravissante beauté de 15 ans, a succombé au charme d'un grand Marquisien tout tatoué. Il était matelot sur la goélette de Won-Cha, le Chinois, celui qui venait acheter les nacres et faisait les premières projections de cinéma dans les atolls. A l'époque, on tendait un drap entre deux cocotiers, on débarquait le générateur et le projecteur. Le prix d'entrée était une nacre. Tout le monde s'asseyait sur les *peue*, ces nattes de pandanus tressé, à même le sol pour regarder le film. Généralement, c'était un vieux western ou une histoire d'amour à l'eau de rose. J'ai de magnifiques souvenirs de cette époque : tout le monde hurlait de rire pendant les scènes de baisers ou sanglotait lors des films tristes. Les films étaient indifféremment en français ou en anglais ; il se pouvait que la dernière bobine passe au début du film, tout cela ne faisait rien. Presque tous les gens ne parlaient que leur dialecte paumotu. C'était la fête, la seule distraction. La seule fenêtre sur le reste du monde. Le Chinois achetait les nacres pour une misère et vendait son riz et ses conserves au prix fort. Les habitants de l'île le savaient mais la joie de voir un film effaçait tout. Avec les mariages et les enterrements, c'était le grand événement social de l'île. Tous étaient là, même les vieux et les malades que l'on transportait.

« Mais revenons-en à Teiki. Il est le souvenir que le Marquisien a laissé à sa mère. Ce marin avait fasciné la jeune fille avec les histoires de ses voyages. A Papeete, à l'île Christmas, aux îles Cook, même à Bora Bora à l'époque de la garnison américaine, où il avait vu des avions. Ainsi elle lui donna un beau bébé, notre Teiki. Il ne l'a jamais frappée et lui apportait toujours des beaux pare'u lors de son passage. Elle a vraiment été heureuse avec lui. Puis, un jour il ne revint pas. On n'entendit plus jamais parler de lui. Peut-être était-il mort dans un naufrage ? Ou parti pour Nouméa travailler dans le nickel ? Ou simplement installé à Tahiti avec une nouvelle famille ? Elle attendit un an, confia le bébé à sa mère et partit vivre deux ans à Papeete. Toutes les filles ici font ça. C'est mieux si elles se défoulent avant de prendre un mari définitif. Elles ont ainsi l'expérience pour satisfaire et garder leur mari. Et s'il y a un enfant, il est la preuve qu'elles peuvent avoir des gosses. Ainsi, lorsqu'elle revint à Tangatoa, elle reprit Teiki et peu de temps après se mit en ménage avec Teremu, le postier. C'était un beau parti, car il touchait un petit salaire fixe. Mais surtout, sa famille avait les droits de pêche sur la partie la plus poissonneuse de la passe. Or, comme le courrier arrivait avec la goélette une fois par mois, notre postier était surtout pêcheur. Son grand-père avait construit dans la passe un de ces parcs à poissons si ingénieux qu'ils attrapent le poisson tout seuls.»

« Tu te demandes pourquoi je te raconte tout cela, toi qui connais les îles ? Mais pour bien comprendre Teiki, il faut un peu de patience, et nous avons le temps, non ? »

« Ainsi, Teremu accepte Teiki comme son propre fils, suivant la coutume. Il apprend au jeune garçon tous les secrets de la mer et de la pêche. Il lui apprend comment vivre avec les requins. Comment les respecter. Comment les nourrir. Comment les comprendre. Car la passe est infestée de ces monstres, même par quelques grands requins-marteau. Les tuer ne servirait à rien, bien au contraire. Chaque squale a son territoire qu'il protège. Il faut longtemps pour l'habituer à la présence de l'homme. Si tu les tues, ils seront vite remplacés par d'autres qui viendront du large. Sauvages, ceux-là.»

« Ainsi s'est établi dans la passe une sorte de symbiose entre les pêcheurs et les requins. Depuis des générations. Le pêcheur respecte le gardien de la passe, lui donne une partie de sa pêche pour rester dans la faveur du requin. Celui-ci surveille son territoire et protège ainsi le lagon des prédateurs du grand large. En fin de compte, ces requins sont presque apprivoisés. Mais il faut les respecter car ils sont fiers. Comme les Paumotu.

« Tu sais, c'est un monde très fragile ici, tout est interdépendant. Le pêcheur ne prend que le poisson dont il a besoin, il remet à l'eau la langouste qui porte des œufs, il ne coupe pas le jeune cocotier pour manger le cœur. Un atoll est comme une petite planète. Un vrai miracle de la nature mais fragile. Chaque excès sera irrévocablement suivi par un désastre. Regarde les nacres : si tu en pêches trop, bientôt il n'y en a plus. Si tu en élèves trop, le lagon devient malade. C'est arrivé récemment à Takapoto où trop de fermes perlières se sont installées. Tu as vu toi-même le massacre des îles de la Société. Les bénitiers arrachés à la barre à mine, les coraux étouffés par la boue des lotissements, par les algues qui prolifèrent à cause de la pollution. Mais ne parlons pas de cette tristesse, tu es en vacances !

« Ainsi Teiki bénéficie du meilleur apprentissage possible. Il apprend à faire partie du lagon, à partager avec les requins le haut de la chaîne de nutrition.

« Lorsque nous avons ouvert l'hôtel et la ferme perlière, le maire nous recommanda Teiki comme plongeur, un peu parce qu'il était son neveu mais surtout à cause de sa grande connaissance du lagon. Teiki nous installa tous les supports de nacre de la ferme. Un Tahitien du service de la Pêche lui apprit à plonger en scaphandre autonome, lui expliqua bien comment décompresser lors de la remontée. Teiki, comme tous les Paumotu, connaît bien les dangers de la plongée. Le danger de l'ivresse des profondeurs. On l'appelle le *"taravana"* ici, cela veut dire folie, débilité. Chaque village a au moins un cas de *taravana*, des hommes partiellement paralysés. Ou avec des crises de folie. Cela arrivait fréquemment autrefois, surtout lors des dernières grandes pêches des années cinquante. La nacre était devenue rare et il fallait plonger de plus en plus profond. Tu vas rire, mais c'est le petit bouton en plastique, inventé à cette époque, qui sauva nos lagons du pillage total. Il fit chuter les cours de la nacre, ce qui en désintéressa les Chinois de Papeete. Maintenant, il y a la perle, bien sûr. Nous sommes tous devenus éleveurs de nacre, ce qui a plus que reconstitué les stocks… Ça y est, je parlote encore. C'est juste pour t'expliquer que chaque gosse des îles en connaît presque autant que Cousteau sur la plongée.

« Ainsi à l'ouverture de l'hôtel, il y a maintenant six ans, Teiki prit la charge de faire plonger les clients.

« Je dois t'avouer, qu'en fin de compte, c'est à lui que nous devons le succès du tourisme à Tangatoa. A sa personnalité si aimable. A sa patience. A son innocence. Ce manque d'agressivité si unique des Polynésiens. Il fallait le voir, enseigner à des citadins comment plonger avec les bouteilles. Surtout qu'à l'époque, tout le monde courait voir le film *"Les dents de la mer"*. Essaie un peu de faire plonger les Américains dans la passe, parmi les requins, après ce film. Eh bien, Teiki a réussi. A force de patience et d'explications. C'était émouvant de voir la fierté et l'enthousiasme des clients après. Bientôt, nous étions connus dans tout le Pacifique Sud pour la meilleure plongée possible. Teiki leur montrait comment il nourrissait les requins de la passe, comment chercher les coquillages, comment pêcher le *varo*, une espère de homard transparent. Je n'ai jamais vu un client ne pas revenir enchanté de sa plongée.

« Teiki s'occupa de la plongée des clients pendant quatre ans, quatre ans sans une ombre. C'est il y a un an que le drame arriva.

- « Un accident ? » demandai-je.

- « Pas du tout. Bien pire que cela. Attends, je vais chercher à boire et tu verras par la suite.»

Mark se leva, réajusta son pare'u et se dirigea vers le bar. Le repas était terminé depuis longtemps. Nous étions les derniers dans la salle. L'alizé rafraîchissait le restaurant, un grand toit fait de milliers de feuilles de cocotier tressées et supporté par huit poteaux sculptés. Devant moi, la plage blanche déserte et le lagon limpide et de mille teintes de bleu et de vert.

Mark revint avec nos boissons et continua son récit :

- « Un jour, arrivent deux clients de Papeete. Un *demi* (métis) et un *Popa'a* (blanc). Ils s'installent et réservent pour la plongée du lendemain. Pendant le dîner, j'essaie de faire la conversation avec eux. Comme nous tous ici, je suis très friand des derniers potins de Tahiti, des petits secrets qu'on ne lit pas dans le journal. Mais ceux-là n'étaient pas bavards. Cela m'a étonné. Surtout de la part du *demi*. Car tout le monde se présente et se parle ici.

« Le lendemain matin, ils partent en plongée avec Teiki. Ils ont l'air expérimentés.

« Ils reviennent juste avant le déjeuner, l'air heureux. A la fin du repas, je m'assois à la table des deux hommes et leur demande les impressions de leur plongée.

- « Très bien, me dit le demi, mais il y a un problème.»

- « Ah, lequel ? »

- « Votre moniteur de plongée n'est pas diplômé.»

- « Mais c'est Teiki, tout le monde le connaît.»

- « Cela ne le dispense pas d'être moniteur diplômé d'Etat.»

- « Mais vous rigolez les gars. On est aux Tuamotu. Teiki est certainement un des meilleurs plongeurs de Polynésie, même s'il ne sait par lire.»

J'étais tellement atterré par ce que je venais d'entendre que je commençais à lever la voix.

Le *Popa'a* prit la parole :

- « Monsieur, même aux Tuamotu, la loi doit être respectée. La loi dit que tout plongeur qui initie la plongée doit être diplômé par l'Etat. Le vôtre ne l'est pas. Alors il faut le remplacer. De toute manière, votre assurance ne vous couvrira plus dès que nous les aurons informés.»

- « Je vais envoyer Teiki se faire "diplômer" à Papeete » , répondis-je.

- « Ce n'est pas à Papeete qu'il faut l'envoyer, c'est en France. Il n'y a pas d'école de plongée en Polynésie. De toutes manières, il y a une grande épreuve écrite sur les tables de décompression. Je ne vois pas votre Teiki passant le brevet.

- « Y a-t-il au moins des diplômés polynésiens ? »

- « Non, puisqu'il n'y a pas d'école.»

- « Mais vous êtes dingues. Depuis quand, cette loi ? »

- « Depuis plus d'un an. Votée par l'assemblée territoriale. Nous voulons que ce Territoire devienne un pays moderne. Il faut des lois adaptées à son évolution. Croyez-moi, le temps des amateurs, c'est fini. »

Là, je me rends compte que toute discussion est inutile. Je dois aller à Tahiti pour régler cette affaire. Je suis complètement atterré. Dégoûté. La bêtise administrative, à cause de laquelle j'ai quitté l'Europe il y a plus de vingt ans, a réussi à me rattraper dans mon île. C'est torpiller le dernier endroit au monde où un être est accepté pour ce qu'il est, pas pour le papier sur son mur, ni pour les habits qu'il porte. Si quelqu'un mérite un doctorat en océanographie, c'est bien Teiki, pour sa connaissance des requins. A sa manière, bien sûr. Mais il ne sait pas lire, ni écrire, il ne sait pas ce qu'est une guerre. Il ne peut même pas l'imaginer. Il ne sait pas ce qu'est un Juif. Ou un Arabe. Ou un préjugé. Donc c'est un ignorant pour les "civilisés". Pas de diplôme, donc pas de valeur. Et les gars qui passent ces lois n'ont pour la plupart pas de diplôme non plus. Il y a vingt ans encore, il n'y avait pas de lycées en Polynésie. Quand se rendront-ils compte que ces lois risquent de marginaliser toute une population locale. Il y aura toujours un expatrié qui aura un brevet plus haut, un diplôme plus illustre. Il n'y a pas d'université ici. C'est un vrai suicide. Les épidémies et la colonisation n'ont pas réussi à tuer l'âme des Polynésiens. Mais cette bureaucratisation est un danger beaucoup plus fatal. Un vrai suicide. Pour créer quelques postes de fonctionnaires. Pour faire comme ailleurs. Bon j'arrête, je m'emballe encore. Mais à chaque fois que je pense à ces mecs, ma tension monte.

« Bon, ainsi me voilà parti illico pour Papeete pour arranger tout cela. Certains de mes clients réguliers sont conseillers territoriaux, d'autres des notables. Tous ont plongé avec Teiki et je sais qu'ils m'aideront à obtenir une dérogation.

« Eh bien, crois-moi, je n'ai pas réussi. Je suis tombé juste avant les élections. Tout le monde était occupé ou gardait la tête basse. Surtout ne pas faire de vagues, qu'on me disais. Que Tangatoa c'est bien loin, etc. Un me dit même que si l'on donnait toujours des dérogations après avoir fait des lois, on aurait l'air d'une république banane. J'obtint quand même un délai de trois mois pour trouver un remplaçant.

« C'est la mort dans l'âme que je rentrai dans mon île. Malheureux de voir ces terres du bout du monde se laisser petit à petit standariser. Devenir une mauvaise copie du reste du monde. Tout un peuple fier et unique qui troque sa joie de vivre contre des magnétoscopes, des automobiles. Ils ont échangé leur liberté pour des petits boulots qui leur permettent ces gadgets inutiles. Et lorsqu'ils rentrent fatigués chez eux, c'est pour regarder dans leur télé-couleur des gens qui leur disent combien ils sont heureux. Qu'ils gagnent trois fois plus que les autres sur les îles d'à côté. Mais ils ne savent plus où sont les îles à côté. Ni que ce sont des cousins à eux.

« Mais ça c'est une autre histoire. Revenons à Teiki. Bien sûr, d'abord je ne dis rien, j'ai trop honte. Je fais passer des annonces à Tahiti. Mais mes fonctionnaires ont fait la tournée des autres hôtels avant le mien. Il n'y a plus de candidats à Papeete. Je dois donc passer des annonces en France.

Le temps de recevoir des réponses, de trier, de choisir, les trois mois se sont écoulés depuis longtemps. Le demi revient. Teiki, bien sûr, fait toujours les plongées. Il est seul et beaucoup plus sociable cette fois-ci. Mais il doit faire un constat : ce qui veut dire convocation à Papeete.

Tribunal qui dit que la loi c'est pour tout le monde. J'essaie d'expliquer mon point de vue, de défendre la vie de Teiki. Tout le monde a des petits sourires complaisants. C'est parce qu'ils sont polis qu'ils ne m'ont pas traité de fou. Je questionne bien sur les capacités d'un plongeur de la métropole dans les eaux du lagon. On m'affirme que ce sont des professionnels. Des vrais pros, qu'ils ont dit. Ainsi c'est moi le fou : amende de vingt mille francs pacifique s'il vous plaît. Vingt mille francs seulement parce qu'on est gentils.

« Dégoûté, je leur donne le fric et vais me saouler au Kikiriri, le bar paumotu de Papeete. Je suis obligé d'attendre une semaine une place sur l'avion. Car l'avion de mercredi est plein. Plein de touristes qui veulent aller plonger avec Teiki. Lui qui n'a pas le droit de leur montrer son monde. Pas de diplôme, t'as pas le droit de faire. Le vrai paradis, le monde moderne. Je broie du noir. Je suis en train de les imaginer, les juges. Je les entends se dire : « *Mais voyons, mon cher procureur, ce pauvre Mark, cela fait trop longtemps qu'il est là-bas dans ces îles perdues. Il faut le comprendre.* »

« De retour dans mon île perdue, je trouve le courage de tout raconter à Teiki. Il m'écoute en silence, impassible et, lorsque j'ai terminé, il me dit :

- « Ne te fais pas de souci, patron, je te rembourserai les vingt mille francs. »

- « Mais tu es fou », je lui réponds.

- « Mais non, c'est de ma faute, patron. C'est moi qui n'ai pas de brevet. »

« Alors un autre grand blabla pour lui expliquer que ce n'est pas de sa faute, que ce sont les gens de Tahiti qui deviennent fous. Mais surtout qu'il ne pourra plus aller plonger seul avec les clients. Qu'un Monsieur va venir de France pour aller plonger avec lui. Que c'est seulement pour satisfaire la loi. Qu'il n'y aura pas grand chose de changé. Il écoute et me dit qu'il veut y réfléchir.

« Teiki réfléchit pendant quatre jours.

- « OK patron. Fais venir le *Popa'a*. Je lui montrerai tout. Mais je vais arrêter. J'ai quelques économies et je vais vendre des paquets de poissons à la goélette. Mais je continuerai de plonger à la ferme pendant les greffages et la récolte, si tu veux. Tu sais bien que j'aime travailler seul.»

« Effectivement, je sais que Teiki ne plongera pas sous les ordres de quelqu'un. Teiki est resté avec moi tout ce temps parce que nous avons une confiance mutuelle totale. Il est en charge de la plongée, je le laisse totalement indépendant. Si je parle de plongée avec lui, ce n'est que pour des questions de matériels ou pour transmettre les félicitations de la clientèle.

« Le connaissant bien, je sais aussi qu'il ne veut pas que je supporte deux salaires pour le travail d'un. Je lui réponds qu'on en reparlera.

« Le moniteur diplômé allait arriver. Teiki et moi l'attendions, nos colliers de fleurs à la main. J'avais des appréhensions : je n'aime pas embaucher quelqu'un qui ne connaît pas la mentalité des îles. D'habitude, je ne choisis que des personnes qui ont au moins deux ans de Territoire. Et cela seulement si je ne peux pas trouver de Polynésien qui fait l'affaire. Je le fais par respect pour les îles, où les habitants sont très sensibles. Mais surtout par respect pour mes clients, qui seraient très déçus de trouver une ambiance de Côte d'Azur après avoir parcouru des milliers de kilomètres pour voir la Polynésie. Le client adore se faire tutoyer par les filles, se faire dire « *passe-moi ton assiette* » par la serveuse. C'est parce qu'ils sentent que nos Polynésiens n'ont pas une mentalité de domestiques. Bien sûr, de temps en temps, arrive une bêcheuse qui demande du service et ça fait quelques étincelles. Mais généralement j'explique à ces clients le raisonnement local et tout s'arrange. Sais-tu que maintenant, à Tahiti, ils donnent des "stages" à la plupart des employés des grands hôtels. Eh bien, tu ne vas pas me croire. Ils apprennent à nos filles, qui sont les plus propres du monde, qu'il faut se laver les pieds tous les jours, qu'il faut mettre des chaussures et des chaussettes. Que les cheveux longs sont interdits en salle. Je te jure que c'est vrai. Il y a des cours pour répondre au téléphone. Interdiction de tutoyer. Il faut dire du Monsieur et du Madame. On leur apprend indirectement qu'ils doivent perdre leur naturel et leur franchise pour acquérir une âme de domestique. C'est cela qui va vraiment tuer le tourisme ici. Mais les cadres, les nouveaux directeurs, les professeurs de stage, eux, ils n'ont même pas une minute de stage qui leur expliquerait la mentalité des Polynésiens. Les bonnes choses de cette civilisation qu'il faut protéger. Rien. Alors, au lieu de préserver ce caractère qui fait l'envie du monde entier, nous apprenons à notre jeunesse une éthique qui n'est pas la leur et, s'ils imitent bien le monde occidental, alors ils ont droit à un beau diplôme. Le diplôme du Bon Imitateur, du singe !. Nos touristes ne sont pas bêtes. Ils veulent voir le vrai Tahiti, pas une population schizophrène. Ils n'aiment pas l'imitation. Un Tahitien qui imite les Européens est aussi ridicule que l'inverse. Restons tous bien dans notre peau. Excuse-moi, je suis encore parti dans une de mes croisades.

« Ainsi, notre moniteur s'appelle Jacques. C'est un bel homme, sportif, assez agréable, et blanc comme une aspirine. Après les introductions, nous roulons tous les trois vers l'hôtel dans la vieille 404. Notre nouveau compagnon commence à parler. De ses plongées. De ses voyages. De son expérience. Il parle et il parle. De la magnifique cocoteraie, il ne voit rien, du magnifique lagon non plus. Il parle. Une vraie cascade. Impossible de placer un mot. A l'hôtel, il continue de parler. Il avait tout fait. Il savait tout. Lorsque je voulais expliquer quelque chose, il finissait ma phrase pour moi.

« Le lendemain, il fait sa première plongée avec Teiki. Malgré les quelques explications que j'ai réussi à placer, il est autoritaire et commande même Teiki devant les clients. Ainsi, dès le retour, Teiki m'annonce qu'il quitte la plongée de l'hôtel. Il n'a même pas réussi à montrer les requins à Jacques.

« Tu sais, Jacques n'est pas un mauvais type, au contraire. Mais il a tellement l'habitude de fonctionner dans une société ultra compétitive qu'il croit qu'écouter et ne pas commander serait perçu comme un signe de faiblesse. Et que, comme en Europe, dix gars font la queue à la porte pour prendre sa place. A cause de son insécurité, tout conseil ou explication est ressentie comme critique de ses connaissances. Ainsi, je lui fais promettre de limiter ses plongées au lagon, de ne surtout pas aller dans la passe. Entre temps Tavita, notre jardinier, nous quitte pour rejoindre sa tante à Anaa où elle ouvre une pension de famille. J'offre donc le poste à Teiki, qui accepte. Tout le monde est polyvalent ici, tous les métiers ont la même valeur. La graduation sociale des emplois n'existe pas. Pas encore.

« Jacques prend assez bien en main la plongée. C'est un bosseur. Le matériel est entretenu impeccablement, tout brille. Bien sûr, lorsque d'anciens clients reviennent, je dois expliquer longuement la reconversion de Teiki. Parfois, certains vont plonger avec Teiki, en privé. Hors des heures de travail, que je laisse très flexibles. Jacques en fait une jalousie et rouspète. Mais je lui explique que si Teiki a de vieux amis, c'est son droit d'aller plonger avec eux.»

« C'est sûrement cette jalousie qui est à l'origine du drame. Un ancien client, un gradé de la Marine, revient avec sa femme, à qui il raconte depuis des mois ses aventures parmi les requins de la passe. C'est exprès pour lui montrer tout cela qu'ils sont venus. Jacques lui explique qu'il ne plonge pas dans la passe, que c'est dangereux, etc.

Le gradé le traite de poule mouillée et d'autres termes bien rodés du vocabulaire militaire. Touché dans son amour propre et pour prouver qu'il est aussi bien que Teiki, Jacques outrepasse mes ordres et va dans la passe. Malheureusement, il y avait aussi un comptable américain dans le groupe, un novice qui croit faire une plongée tranquille.

« Tout le monde se met à l'eau. Le courant n'est pas fort et le groupe descend. Quelques requins citrons se tiennent à distance, ce qui rassure Jacques. Il veut alors faire comme dans le lagon. Il ouvre un bénitier pour attirer les poissons multicolores. Les perroquets, les napoléons qui viennent manger dans leurs mains. Mais le grand requin-marteau regarde tout cela. Et comme on ne vient rien lui apporter, il décide d'aller chercher sa part.

« Ainsi, tout à coup, devant nos quatre plongeurs, se trouve cet immense squale. Il bouscule littéralement Jacques et la fille pour prendre le bénitier. Il ne les a pas attaqués, il a juste voulu sa part. Et est reparti aussi vite. C'est la grande panique pour nos plongeurs. La taille du requin. Sa peau comme du papier de verre. La vraie pagaille éclate.

« Jacques arrive à se contrôler. Il voit que le gradé et la fille remontent trop vite. Il arrive à les rattraper. C'est une vraie bagarre pour les arrêter. Il se prend des coups de pieds, se fait griffer, se fait arracher le masque. Mais il réussit l'impossible : les calmer et les faire redescendre pour décompresser normalement. Le requin a disparu. Mais le comptable aussi. Jacques monte voir à la surface, pas d'américain dans le bateau. Il redescend et le trouve quelques minutes plus tard derrière une patate de corail. Le détendeur est à côté de lui. Il est mort, bien sûr. Par la suite, l'enquête dira qu'il s'était évanoui par trente mètres de fond après le passage du requin. Ou arrêt cardiaque.

« Tu peux imaginer le bordel après. Toubib, gendarme, croque-mort de Papeete avec cercueil plombé. J'essaie de contacter la famille du mort. Bien sûr les *mamies* du village sont toutes venues pour chanter une veillée funèbre. C'était leur premier *Popa'a*. Alors elles ont vraiment chanté pour lui. Pas question de dormir dans tout l'hôtel. Qui était plein. Le lendemain, j'arrive à contacter la sœur du défunt. Sa seule famille. Elle me dit carrément qu'elle ne veut pas du corps. Puisqu'il est mort ici, de l'enterrer ici. Qu'elle n'a pas de sous pour les funérailles. Que ça coûte très cher chez eux. Je discute, mais elle raccroche. Alors il faut l'enterrer ici. Mais il n'y a pas de cimetière. En Polynésie, on enterre ses morts chez soi. Je décide de l'enterrer sur la propriété de l'hôtel, en bordure où je pourrai cacher la tombe par des buissons plus tard. Je demande à Teiki de faire creuser la tombe. Il insiste pour que j'enterre l'américain chez lui car, dit-il; c'est un plongeur comme lui. Il me jure qu'il s'occupera bien de la tombe. C'est une question de fierté pour lui aussi. Tu sais, ça a fait des jaloux. Par la suite, d'autres familles m'ont demandé de leur laisser enterrer chez eux le prochain client mort. En tout cas, notre comptable américain eut un enterrement vraiment magnifique. Toute l'île était là. Même les clients de l'hôtel. En habits du dimanche. Le pasteur et le curé de Rangiroa, je ne connaissais pas sa religion. Tout le monde a pleuré. Jamais il n'aurait eu autant de larmes versées chez lui. D'ailleurs, j'en ai eu une réputation. Une dame m'a dit l'autre jour à Moorea :

- « Ah c'est donc vous l'hôtel qui fait de beaux enterrements.»

« Et c'est à partir de ce jour là que Teiki se mit à rire à chaque fois qu'il me voit… Je vais lui parler. J'essaie de lui expliquer la bêtise du monde "moderne" . Que le mort, cela ne fait rien car le moniteur est diplômé. L'assurance paie et le gendarme est satisfait. Mais que si Teiki plonge et il n'y a pas de mort, je vais en prison parce que Teiki n'a pas de diplôme. Le mort, ça ne compte pas. Ce qui est important, c'est le beau diplôme que Jacques a gagné car il a bien plongé dans une piscine pleine d'eau de Javel. Tout le monde est content. La loi est respectée. Vivent les belles lois modernes. Finis les amateurs.

« Teiki m'assure qu'il a bien compris, mais il continue à rire. Et ça m'énerve. Ça m'énerve vraiment parce que je ne sais pas pourquoi il rit.

« Voila ! Maintenant tu connais l'histoire, peut-être peux-tu m'expliquer ? »
- « Demandons-lui.»
- « J'ai déjà fait. Il ne veut pas me le dire.»
Nous restons en silence. Je vais chercher des boissons fraîches. Je proposai à Mark :
- « Et si on le saoulait ? Il me connaît et il m'aime bien, je crois. Laisse-moi l'inviter tout à l'heure.»
- « Sa femme va être triste si on fait ça. Ou me faire une scène devant les clients.»
- « Peut-être veut-il le cacher seulement à toi. Je vais essayer.»
Je vais inviter Teiki qui accepte et nous allons au bar. Mark nous laisse seuls. Nous parlons de nos familles, de nos enfants. Il me raconte la nouvelle machine à coudre qu'il a achetée pour sa femme, me questionne sur des problèmes avec son groupe électrogène, etc.
Des musiciens arrivent, la soirée est fraîche et je sens Teiki bien détendu.
- « Dis, Teiki, pourquoi ris-tu toujours en voyant Mark ? »
- « Je te le dis si tu me jures de ne pas le lui dire à lui ! »
- « Promis, sur l'honneur ! »
- « D'accord, je te le dis. Mais garde ta parole. Vois-tu, je m'amuse parce que Mark est aveugle. Moi, je sais très bien que bientôt deux Messieurs vont encore venir de Papeete. Ils vont me demander mon diplôme de jardinier. Et, comme je n'en ai pas, Mark va encore payer une amende.»
Et il se penche vers moi et me dit à l'oreille :
- « Vois-tu, je sais aussi que Mark n'a pas de diplôme de directeur. »
J'explose de rire.

Aujourd'hui encore, Mark est fâché après moi. Car je ne lui ai jamais révélé le secret de Teiki. J'avais juré.

A mon départ, Teiki me fait un grand signe, debout à côté de sa brouette. C'est triste de le voir ainsi. Car lui aussi est atteint de *taravana*.

Pas celui des profondeurs bleues du lagon.

Celui du Monde Moderne.

FRANCESCO

FRANCESCO est un amoureux du Pacifique. Tous les ans, il retourne fidèlement voyager dans ce vaste océan. Ce voyage est sa raison de vivre. Son pèlerinage. Francesco est pharmacien à Milan. Tout au long de l'année, Francesco économise pour ce voyage. Chaque tube d'aspirine, chaque bouteille de sirop, chaque prescription est un autre kilomètre pour ce voyage annuel tant attendu.

Car Francesco assouvit durant ce périple dans les Mers du Sud sa passion : les femmes.

Toutes sortes de femmes. Des brunes. Des blondes. Des noires de Papouasie, des Polynésiennes, des Philippines, des Annamites, des Chinoises de partout. Mais pas n'importe quelles femmes. Une qualité est indispensable pour Francesco : elles doivent avoir de la classe. La vraie classe. Et la tâche de les séduire doit paraître quasi impossible.

Plus notre bel italien trouve la femme inaccessible, plus elle devient excitante pour lui. Alors ses efforts commencent : il sera infatigable, poursuivra sa proie sans relâche. Ne regardera pas à la dépense. La femme qui l'aura intrigué deviendra une véritable obsession. Il lui fera la cour avec passion. Rien ne le découragera. Rien, sauf une remarque vulgaire ou un refus sec.

Mais ne croyez surtout pas que Francesco soit un être fourbe ou grossier. Bien au contraire. Il serait difficile de trouver homme plus civilisé. Plus poli. Je le décrirai comme le produit final d'une très vieille civilisation en déclin. Cet acharnement à courtiser l'impossible est peut-être un signe de décadence. L'accouplement avec sa proie conquise aura de l'importance, bien sûr. Mais le véritable assouvissement des désirs de Francesco sera la reddition de sa proie. Pas l'acte charnel.

Bel homme, il paraît bien moins que ses quarante ans. Ses cheveux sont d'un noir propre aux tziganes. Il parle couramment quatre langues. Il peut vous citer les écrivains latins ou anglo-saxons. De par ses voyages, il est une source intarissable d'anecdotes du monde entier. Sa passion pour les femmes l'a obligé à soigner son corps et c'est encore un jeune homme mince et svelte que l'on observe. Si l'on ne s'approche pas trop pour apercevoir quelques débuts de rides.

Francesco est un vrai romantique. C'est pour cela qu'il aime l'Océan Pacifique. Qu'y a-t-il de plus agréable que de séduire une belle femme sur la plage d'un lagon aux couleurs turquoises ? Que la Méditerranée paraît triste après avoir goûté aux couleurs de l'Océanie. Quelle douceur de se promener le long des plages désertes, la main dans la main, dans la fraîcheur des alizés.

Francesco a aussi une raison plus tactique de mener sa chasse aux antipodes : pour être apprécié, il faut être un oiseau rare. En Europe ou aux Amériques, il y a des Italiens partout. Mais dans les îles et atolls du Pacifique, même en cherchant bien, il est rare de trouver un de ces beaux latins. Ainsi, le Pacifique Sud, c'est la chasse gardée de Francesco.

Il l'aperçut la première fois à la terrasse de l'hôtel d'Aggie Grey, à Apia, la capitale des Samoa Occidentales. Elle prenait son petit déjeuner à côté de la piscine. Elle était vêtue tout de blanc. Un foulard blanc tenait ses cheveux bruns hors du visage. Sa robe de calicot était juste assez transparente pour révéler des formes bien arrondies. Même ses espadrilles étaient blanches. Tout cela contrastait admirablement avec les verts sombres des multiples plantes tropicales des bacs à fleurs qui l'entouraient. elle buvait son café en écoutant un homme plus âgé, assis en face d'elle, qui lui parlait avec véhémence.

Francesco prit place à la table voisine. Ce n'était vraiment pas un matin à célébrer.

La belle doctoresses de Manille qu'il avait suivie et courtisée depuis Nouméa, en passant par Auckland et les Fidji, lui expliqua clairement et nettement, lors de l'assaut final, qu'elle était catholique et *Philippinas*. Qu'elle l'aimait beaucoup et qu'il l'avait troublée. Mais qu'il ne saurait être question de plaisirs charnels sans la bénédiction préalable d'un curé de la Sainte Mère l'Eglise. Un désastre total. Un Waterloo.

La dame en blanc et l'homme parlaient en Allemand. Se disputaient serait plus juste. L'homme faisait une scène de jalousie. Francesco se mit à écouter. Ceci devenait intéressant. Peut-être le voyage de cette année n'était-il pas entièrement gâché. Et il commença à bien analyser la dame en blanc. Peut-être une nouvelle proie en perspective. Son œil expert en la matière commença à évaluer le gibier :

Elle n'était plus tout à fait aussi jeune qu'elle aurait voulu le faire croire. Mais c'était une femme exceptionnelle.

Il est des femmes que les hommes admirent et convoitent pour leur beauté et leur jeunesse. Avec un peu d'âge, certaines de ces dames, très peu, parviennent à maintenir l'illusion de cette jeunesse, cette fraîcheur. Mais au prix d'efforts incessants et d'une discipline stricte. Alors, elles seront admirées et convoitées pour cet état fragile de conservation.

Une grande couturière parisienne, Coco Chanel, avait trouvé les justes mots pour expliquer ce phénomène :

« Lorsqu'une femme a vingt ans, elle porte le visage que la nature lui a donné. A quarante ans, elle porte le visage que la vie lui a donné. A cinquante ans, elle a la gueule qu'elle mérite. »

La dame en blanc avait une figure très agréable. Les quelques petites rides étaient les bonnes rides, les rides de gaieté. Son corps était encore superbe. Surtout les seins. La robe laissait apparaître une absence de soutien-gorge, mais les seins étaient bien fermes et pointaient vers le haut. C'est cela qui excita vraiment Francesco. Cela et la façon dont la femme se tenait. L'élégance de ses gestes. Les jambes croisées pliées en arrière, juste le bon angle. La geste assuré avec la cigarette. La vraie classe. La doctoresses de Manille était déjà reléguée au passé.

L'homme fâché continua sa scène. La femme en blanc restait impassible, l'ignorait totalement en fumant sa cigarette. Il se leva, jeta sa serviette sur la table et s'en alla. La femme resta immobile.

Francesco attendit dix minutes puis se leva pour s'asseoir face à la dame en blanc.

Je ne vais pas vous conter ici les détails de l'art de persuasion et de séduction de ce cher Francesco. Il ne me pardonnerait jamais si je révélais ici ses méthodes et secrets, surtout qu'il est un des grands maîtres en la matière. Un descendant de Don Juan. Mais je puis vous affirmer qu'il réussit à convaincre la dame en blanc d'abandonner son escorte, un amant de plusieurs années. Et de suivre Francesco aux Îles Cook, à Aitutaki et ensuite à Rangiroa, aux Tuamotu.

Elle s'avéra être juste le genre de femme que Francesco aimait à séduire. Très difficile.

Les femmes d'une certaine classe sociale européenne et celles qui croient en être, accordent très difficilement leurs faveurs. Le travail essentiel de leurs courtisans consiste à les persuader, et à les rassurer, que le mâle qui convoite leurs faveurs est de classe supérieure ou égale. En aucune manière la reddition de la belle ne doit pouvoir être considérée comme une faiblesse. Bien que l'on parle beaucoup d'amour et de choses raffinées dans cet étrange rite de pré-copulation, il y est rarement question d'affection réelle. Seuls la fierté et l'esprit inconscient de caste entrent en considération.

Et c'est justement dans ce champ de mines socio-émotif que Francesco est maître et il a la patience nécessaire.

Il a essuyé une défaite avec la belle Philippine car il n'était pas intime avec les rites et la mentalité asiatique. Il avait appliqué une logique occidentale à un contexte oriental.

Mais, avec l'Allemande, la dame en blanc, il était en terrain très familier et il savait où il mettait les pieds.

Et après une semaine de services, de servitude, d'investissements, de patience, il voyait la lumière au bout du tunnel. Il savait que la victoire finale serait pour ce soir. Il en était certain.

Ils venaient d'arriver à Rangiroa. A l'hôtel Kia Ora, un magnifique petit village de huttes polynésiennes bâties le long d'une grande plage blanche.

Comme dans tous les autres hôtels, il dût louer deux bungalows. Madame tenait à sa réputation. Même à l'autre bout du monde, dans ces îles où l'on se fiche bien de qui couche avec qui parmi les touristes. Mais cela ne faisait rien à Francesco. Les frais étaient sans importance. Ce qui comptait, c'était la victoire finale. Pour ce soir. Il le savait. Elle avait donné les petits signaux.

Le temps était splendide. Les couleurs du lagon comme une palette d'aquarelle, allant de l'outremer au vert clair. La sable était chaud. Il passa tout l'après-midi à s'émerveiller des couleurs turquoises du lagon. Il se laissa bronzer. Il rêvait de sa victoire.

A la tombée de la nuit, Francesco alla voir le maître d'hôtel. Pour faire les arrangements pour le dîner. Pour que tout soit parfait. Choix de la table. Choix du menu. Choix du vin. Choix du champagne. Choix de la serveuse. Francesco était un ancien client. Il connaissait et aimait bien l'hôtel car la taille modeste de l'établissement assurait une intimité avec le cadre superbe.

Il choisit Leila comme serveuse. Elle s'était déjà occupée de lui lors d'un précédent voyage. Elle était toujours riante et décontractée.

Et quel dîner ce fut ! Parfait à tous les points de vue. Un soir de pleine lune. Comment décrire la beauté de cette boule qui prend des couleurs or lorsqu'elle monte à l'horizon et se reflète dans un lagon plat comme un miroir. Un orchestre de guitares jouait des airs tahitiens à côté du restaurant. Quel romantisme. Rien que ce moment valait tout le voyage.

Leila apporta les cafés. Avec cet accent si charmant et inimitable des Tahitiennes, elle demanda :
- "Madame et toi, vous avez bien mangé ?"
- "Très bien Leila. Très bien, merci."
Et pour faire un compliment à la dame en blanc, il ajouta :
- "Leila, je te présente Madame. C'est sa première visite ici. Elle est très gentille."
Leila lui fit un grand sourire.
- « Oh oui, elle a l'air très gentille. Elle est très belle aussi. T'as de la chance. C'est ta maman, hein ? »
La dame en blanc devint toute rouge. Sans un mot elle se leva. Elle disparut dans la nuit en courant presque.
Francesco, lui, resta assis immobile. Il était devenu tout blanc. Paralysé. C'était foutu. Le désastre. Si près du but.
Leila s'étonna du silence :
- « Tu es malade ? »
Francesco ne répondit pas. Leila partit vers une table en pensant qu'il était bizarre ce soir. Elle avait dit des choses gentilles, les avait bien servis et il ne répondait même pas. Ils sont parfois étranges, ces Italiens.

Ainsi allez vous dire : ce voyage se solda par deux échecs pour ce pauvre Francesco. Eh bien non, pas du tout.
Le lendemain, la dame en blanc, sans humour et incapable d'accepter son âge réel, quitta précipitamment l'hôtel. Francesco, seul, raconta son histoire à qui avait le temps de

l'écouter. C'est à dire quelques touristes américains d'un certain âge, et le personnel de l'hôtel.

Radio Cocotier se chargea d'apprendre bien vite à Leila qu'elle avait commis une méprise monumentale. Elle en rit avec les copines mais, au fond de son cœur, elle avait pitié de Francesco. Il avait toujours été gentil avec elle.

Ce soir là, après le travail, elle rentra se doucher comme d'habitude. Mais, ensuite, elle se glissa discrètement dans la nuit vers le bungalow de Francesco. Sans un bruit, elle poussa la moustiquaire et s'allongea à ses côtés. Il fut très surpris de découvrir cette présence inattendue.

Ce sera la première fois que Francesco connut une fille simple. Sans complexes. Sans complication. Sans préjugés. Sans esprit de classe. Ce fut aussi la première fois qu'il fit l'amour pour le plaisir, pas pour la conquête. Ce soir là, il découvrit une autre dimension, un autre goût des choses.

Il prolongea son séjour d'une semaine. Il prit le temps pour apprendre à apprécier la simplicité, la franchise, la gaieté naturelle de cette fille.

Chaque soir avec Leila était comme découvrir une autre planète, un monde plus gentil, plus doux.

Le jour du départ, il régla sa note à la réception avec un grand sourire aux lèvres.

Il ne posa même pas un regard sur la femme qui remplissait sa fiche d'enregistrement à sa droite. C'était pourtant une grande rousse vêtue d'un tailleur Givenchy. Ses jambes étaient longues et effilées et ses mouvements trahissaient une grande classe.

Elle avait d'ailleurs tout de suite repéré Francesco. Elle le suivait du coin de l'œil. Elle reconnaissait bien en lui un homme du monde. Un acteur potentiel pour entamer une autre Grande Complication amoureuse comme elles sont si bien décrites dans les grands classiques. Il paraissait facile à manier. elle pourrait faire durer le jeu…

Mais Francesco ne la vit pas. Ou ne voulut pas la voir. Il n'était plus intéressé. Il avait franchi le sas vers un monde plus simple. Plus honnête. Plus gai.

Surtout plus humain.

Il se dirigea vers le petit bus qui l'attendait.

Leila et ses copines se tenaient là pour le couronner de colliers de coquillages.

UNE PERLE RARE

PENRHYN. Un atoll. Un autre. Perdu dans l'immensité bleue de l'Océan Pacifique. Un anneau de sable de quinze kilomètres de diamètre. Coiffé de milliers de cocotiers, d'arbres de fer et de "miki miki", ces buissons verts aux mille branches qui réussissent même à pousser des racines dans de l'eau salée. Un immense lagon, aux mille teintes de bleu, comme un saphir. Un lagon connu dans tout le Pacifique pour la qualité de ses perles.

Quelques huit cents Polynésiens s'accrochent à cette couronne à peine émergée. A cet environnement parmi les plus fragiles de notre monde.

Imagine donc : place-toi sur le point le plus haut de l'atoll. Cet amas de corail à l'extrémité d'un îlot. Face à la houle éternelle qui se brise sur le récif-barrière.

Maintenant, regarde vers ta droite. L'océan, huit mille kilomètres d'océan jusqu'en Amérique du Sud.

Regarde vers ta gauche : sept mille kilomètres d'océan jusqu'en Australie.

Regarde devant toi et il n'y a que les neuf mille kilomètres d'eau salée jusqu'aux glaces du détroit de Bering.

Regarde derrière toi pour ne pas apercevoir la banquise australe à cinq mille kilomètres au Sud.

C'est maintenant que tu te rends compte de ce qu'est l'isolement... le vrai.

Alors, baisse les yeux et contemple les quelques morceaux de corail grisâtre qui te permettent de te tenir debout ainsi au centre du plus grand des océans.

Un grand frisson te parcourt le dos.

Car tu réalises que ces quelques coraux ne se trouvent que trois mètres au-dessus du niveau de la mer... Cette mer qui les a posés là. Et qui peut les enlever à chaque instant. Un grand cyclone, un tremblement de terre en Alaska, au Chili ou au Japon. Un météorite qui tombe dans la mer. Une éruption volcanique sous-marine. Chacun peut générer une onde qui déferlera sur l'atoll, emportant tout, mais vraiment tout.

Dans une heure ou dans dix mille ans. C'est arrivé en 1902 à un atoll voisin. Il n'y eut aucun survivant.

Alors, qui ose prétendre que des gars comme moi qui s'évadent vers ces îles sont des faux-jetons qui n'ont pas le courage d'affronter la vie ? Vivre ici est l'ultime casino. La Grande Roulette russe.

Mais le goût du risque n'est-il pas l'épice de la vie ?

J'avais passé la nuit à la cape. Je savais que l'atoll était à une quinzaine de kilomètres au vent. Je faisais confiance au soleil et aux étoiles pour me guider. Mais je trichais un peu aussi. J'avais bien vu les oiseaux de mer voler en cette direction au crépuscule. Un atoll ne se voit pas de loin. Les plus hauts cocotiers font une vingtaine de mètres. On l'aperçoit à sept ou huit kilomètres, oui, mais avec de bons yeux.

La nuit fut belle et calme et je dormis bien. A 5 heures du matin, je hissai le foc et l'artimon et bloquai la barre au plus près. Les cocotiers apparurent avec le lever du soleil, juste lorsque je remontai de la cabine avec ma deuxième grande tasse de café. Une heure plus tard, je me présentai devant la passe. Quatre petites embarcations m'y attendaient. Mon arrivée était un événement. Une rupture de la routine.

La goélette de Rarotonga ne dessert l'île que deux fois par an. Et encore. Uniquement s'il y a assez de coprah sur le quai des trois îles du groupe du Nord pour justifier le voyage. Si plus de quatre yachts touchent l'atoll au cours de l'année, c'est exceptionnel.

Le chef de l'île monta à bord pour me piloter dans la passe et le chenal qui zigzague entre les patates de corail jusqu'au quai. Là, la population nous attendait. Les jeunes se pressaient pour bien voir qui arrivait, surtout les jeunes *vahine* (femmes), car les autres embarcations avaient déjà annoncé un navigateur solitaire.

Le voilier fut amarré au petit quai d'Omaka, le village principal. Un grand homme, torse nu, coiffé d'une casquette, me serra la main. Gauche. Le bras droit lui manquait.

Il me tint un petit discours, un grand sourire aux lèvres :

- « La loi des îles Cook décrète qu'il est interdit de toucher Tongareva (Penrhyn en Maori) sans permis délivré par le gouvernement. Mais en cas de force majeure, nous pouvons faire exception. Rarotonga est loin, à mille deux cents kilomètres d'ici. Si nous t'envoyons y chercher une autorisation, tu ne reviendras jamais. Mais nous voyons que tu es seul. Tu n'as pas de *vahine*. Voilà une vraie urgence! Donc tu peux rester le temps que tu veux… Célébrons cela... Tu as quelque chose à boire ? »

Il y a toujours une caisse de rhum au fond de la cale pour célébrer ce genre d'urgence.

Une semaine me fut nécessaire pour m'intégrer à cette petite communauté oubliée du monde. Comme dans beaucoup de ces îles, il y a un surplus de femmes. Les jeunes hommes partent chercher fortune dans les métropoles de Nouvelle-Zélande ou d'Australie. Rares sont les retours.

Un groupe de *vahine* était toujours assis près du voilier. Pas trop près pour m'importuner, mais assez près pour tout observer. Elles avaient étalé un *peue*, un tapis en pandanus tressé, sous l'arbre à pain face au quai. Elles tressaient les magnifiques chapeaux de "niau" blanc qui font la réputation de l'île. Elles pouffaient de rire en se cachant la bouche de la main, un geste typique de toute la vaste Polynésie. J'étais trop loin pour entendre la conversation. Mais, familier de ces dames, je pouvais deviner la teneur des propos tenus. Elles m'examinaient sous toutes les coutures. Vraiment toutes !

Leurs longs cheveux étaient retenus par des peignes en métal brillant. Les femmes des autres atolls portent des peignes en écaille de tortue ou en plastique imitant cette écaille. Mais ici, à Penrhyn, un bombardier B 24 "Liberator" s'était abîmé à l'atterrissage lors de la Seconde Guerre mondiale. L'épave est toujours couchée sur la plage, là-bas, les moteurs arrachés gisant entre les cocotiers. Les habitants eurent vite fait de trouver usage pour l'aluminium du fuselage et des ailes.

Plusieurs fois par jour, un petit groupe de femmes approchait le voilier et, timidement, demandait à descendre dans la cabine. Mon bateau était vite devenu très populaire. La porte des toilettes est ornée d'un grand miroir qui fait toute sa hauteur. L'atoll n'avait pas de tel miroir et c'était la première fois que ses habitants pouvaient s'admirer des pieds à la tête. C'était attendrissant d'observer les réactions que cette première vision complète suscitait. Surtout chez les dames plus âgées, qui éclataient alors de rire. Mais je les laissais bien vite faire leur bilan seules. Je ne suis pas un voyeur.

Selon l'usage, une famille m'adopta. Le vieux Williams et ses deux filles. Je prendrai par la suite presque tous mes repas avec eux. Nous les hommes en premiers, servis par les femmes, selon la coutume. En échange, je puisais dans les stocks du voilier, une bonne bouteille en sus de temps en temps.

Tioni, l'infirmier, se lia aussi d'amitié avec moi. Il me proposa de stocker ma bière. Le réfrigérateur à pétrole de l'infirmerie était l'unique de l'atoll. Les rares antibiotiques furent serrés dans un coin pour faire de la place. En échange, il sollicitait des parties d'échecs dont il était avide.

C'est lors d'interminables parties qu'il me conta les mille et une petites histoires qui constituent le tissu de ces micro-sociétés aux traditions orales.

Il m'expliqua aussi comment le gendarme perdit son bras. Je lui avais posé la question pour savoir quel type de requin avait pu causer de tels dégâts :

- « Ce n'est pas un squale ! Notre gendarme s'appelle Manu. Il est l'aîné de la famille qui habite la maison en dur à côté du temple. Après qu'il eut terminé l'école avec d'excellentes notes, la famille décida de l'envoyer en Nouvelle-Zélande. Pour y chercher un travail rémunérateur. Un avenir. Et surtout pour qu'il puisse ainsi envoyer de temps en temps un peu d'argent à la famille.

« Mettre de côté assez de fonds pour acheter les billets jusqu'en Nouvelle-Zélande représente des années d'économies. Des tonnes de coprah. Des centaines de chapeaux. Mais toute la famille s'unit et Manu put nous quitter à l'âge de dix neuf ans, par la *Manuvai*, la goélette de Rarotonga. Bien sûr, toute la population essuya ses larmes, comme à chaque départ, car les succès sont rares. Les retours encore plus.

« Plusieurs bateaux et quelques mois plus tard, Manu arrive à Auckland et s'installe chez un oncle. Ce qui est normal pour nous Polynésiens avec notre sens de la famille très développé. Quelques semaines plus tard, il trouve un emploi dans une usine de pièces pour automobiles. Dans l'atelier de galvanisation. Le contremaître explique le travail : prendre les pièces apportées sur un chariot avec une grande pince, les tremper dans le grand bac devant lui. Puis les poser sur un autre chariot, à sa droite. C'est tout. C'est simple ! Manu fait son travail consciencieusement toute la journée. Heureux. Heureux d'avoir pu trouver un emploi. Heureux de savoir qu'il pourra aider sa famille. Qu'elle pourra acheter les quelques petites choses qui font la différence entre la vie et la survie.

« Le soir, juste avant l'arrêt du travail, Manu a un moment d'inattention. Une pièce lui échappe et tombe au fond du bac. Il se penche pour l'attraper avec sa main. Le liquide parait brûlant. Il insiste. Il doit récupérer la pièce. Mais il n'y arrive pas. Il se relève et regarde son bras. Il a disparu. Dissout par la soude caustique. Les autres ouvriers éclatent tous de rire… »

Un frisson me parcourut le dos. Ce n'était pas la première histoire de ce genre que j'entendais. Comment un jeune homme qui grandit dans un paradis où la chose la plus corrosive est le jus de citron, pourrait-il imaginer des horreurs telles que des acides, gaz ou autres monstruosités chimiques ?

- « Il doit être très amer envers le monde des Blancs.» osais-je.

- « Non, non. Il passa plusieurs mois à l'hôpital. Ensuite, il revint à Penrhyn avec un bras en moins. Mais avec une petite pension. La joie de la famille de le revoir fut immense. Qu'il manque un bras n'a pas d'importance. Il est revenu. Voilà l'important. Et sa petite pension est beaucoup ici où il n'y a presque rien. Il est heureux. Il a une belle famille. Il est un homme respecté… Mais surtout, il est rentré. Il n'a pas disparu dans l'anonymat des faubourgs ouvriers d'une grande ville… Il n'a pas eu le temps de perdre son sourire… Son respect pour les autres… Ses qualités communautaires… Celles qui rendent notre société si agréable à vivre… Il n'a pas eu le temps d'être teinté par l'égoïsme et l'individualisme de la société de consommation… Il est notre rescapé à nous. Nous en sommes fiers."

Mon infirmier était aussi philosophe.

Après avoir été plusieurs fois humilié aux échecs, je lui offris de réparer sa pompe à eau. J'avais pitié du vieil homme qui passait chaque matinée à actionner une antiquité pour faire monter quelques centaines de litres de la citerne à la cuve sur le toit de l'infirmerie. Un démontage et un examen rapide révéla que les coupelles de cuir des pistons avaient disparu par usure depuis des années. Ma cabine arrière, aménagée en atelier, contenait justement quelques morceaux de cuir utilisés habituellement pour couvrir les mâchoires de la bôme aurique. En moins d'une heure, ils furent transformés en deux magnifiques coupelles de pompe. Le vieux ne me le pardonna jamais. Il avait toujours été payé pour quatre heures de travail par jour. Depuis ma réparation, une heure tous les deux jours suffisait.

Mais l'information fit le tour de l'île. Le navigateur célibataire était aussi mécanicien. L'on vint me chercher de partout. Réparation de machines à coudre, dont certaines étaient de très antiques modèles avec des fuseaux à la place de bobines. De moteurs hors-bord, tous aussi anciens. Et étrangement, de beaucoup de pendules coucou. Oui, le modèle petit chalet suisse avec l'oiseau qui sort en faisant "coucou, coucou".

Ces horloges étaient arrivées par les bateaux de pêches coréens, qui les échangeaient contre des perles. Un examen minutieux de ces pendules révéla qu'elles étaient des imitations fabriquées en Corée. Et toutes avaient un petit défaut. Un engrenage mal estampillé, un mouvement voilé, un chalet fêlé, un pendule tordu. Ainsi, les Coréens achetaient ces horloges au rebut, pour quelques dollars au plus. Mais ils les échangeaient ensuite pour de vraies, de magnifiques perles. Voilà commerce bien plus lucratif que la pêche. J'en avisai notre gendarme manchot.

L'atoll était en effervescence. L'anniversaire de la reine (d'Angleterre, bien sûr) approchait. L'instituteur me pria de lui prêter le pavillon du voilier. Les écoliers en avaient besoin pour leur fête.

Et quelle célébration grandiose ce fut. La reine aurait dû être là. La journée commença au Temple avec de magnifiques *ute*, ces chants si aigus que les femmes qui les chantent doivent se boucher les oreilles contre la douleur. Comme dans toutes les églises des îles, les gosses couraient librement. Deux chiens se prélassaient dans l'allée centrale. Quelques bébés dormaient sur des "peue" posés par terre lorsque leurs mères ne les allaitaient pas. Les femmes, vêtues de blanc, portaient fièrement leurs grands chapeaux magnifiquement tressés. Etrangement, l'on sent Dieu tout près de soi pendant les chants si harmonieux de ce peuple oublié du monde.

Le service religieux se termina bien sûr par un puissant

"God save the Queen". Puis tout le monde se déplaça vers une grande pelouse, au bord du lagon, de l'autre côté du village.

Installés sur un immense *"peue"*, nous attendîmes le spectacle. Il ne tarda pas. Les écoliers arrivèrent en *"more"*, (jupes de pandanus) et se lancèrent dans des *tamure* effrénés, à la cadence des tambours de bois.

Le spectacle était vraiment de qualité, surtout pour une petite communauté isolée comme celle-ci. La population observait mes réactions. J'étais le seul spectateur étranger, ainsi mon opinion était celle de tout un monde extérieur. J'applaudissais et riais donc avec enthousiasme à la grande joie de la foule.

Après les danses et les chants, quatre groupes de jeunes firent leur entrée sur la pelouse. Le premier, précédé de l'*Union Jack*, le drapeau britannique. Le second, du drapeau américain de mon voilier. Le troisième, d'un drapeau rouge. La Russie. Et le dernier, d'une… grande croix gammée dessinnée sur un linge blanc. L'Allemagne, pour sûr.

Ces quatre "pays" se livrèrent à des simulacres de combats maoris très impressionnants, avec de longs bâtons et des lances en bois de fer. Ces jeux paraissaient très dangereux mais la dextérité exceptionnelle des jeunes était étonnante. Tout se passa bien et la foule était en extase. Le camp britannique fut déclaré vainqueur, Sa Majesté la reine oblige.

La fête se termina par un grand *tamara'a*, un grand festin préparé depuis plusieurs jours dans un grand four creusé dans le sol. Deux cochons avaient été sacrifiés pour l'occasion et la population se régalait. Rares étaient les occasions de manger de la viande.

Je profitai du repas pour m'approcher discrètement de l'instituteur :

- « Hm…Il y a une petite erreur avec le drapeau allemand. »
- « Pourquoi ? »
- « C'est le drapeau d'Hitler, cette croix gammée. Il est parti il y a des lustres. Le drapeau a changé. »

Il m'écouta patiemment. Puis se leva sans dire un mot pour partir vers l'école. Visiblement vexé. Il revint, un livre de géographie à la main. Il s'assit à côté de moi et me montra le drapeau avec sa belle croix gammée sur une page. Je pris le livre et l'examinai. Il datait de 1938. C'était écrit, comme la bible, et moi je n'avais que mes paroles. Et puis ni l'instituteur, ni la population n'avaient jamais entendu parler d'Hitler. La guerre pour eux, c'est quelques américains qui sont venus construire une piste d'aviation et une dizaine d'avions qui ont atterri et sont repartis. Un d'eux s'est écrasé mais personne ne fut blessé. Quelques bébés à la peau plus claire sont nés. Tout le monde s'était bien amusé. C'est tout.

Tant mieux pour eux.

Je m'excusai pour mon "erreur".

- « Oui, la croix gammée est juste. J'ai dû confondre avec un autre pays. »

L'instituteur souriait à nouveau. C'était cela l'important.

Quelques jours plus tard, un grand bateau de pêche se présenta devant la passe et la franchit comme un habitué.

Il frappa les amarres à l'arrière de mon voilier. C'était un thonier coréen. Le *Dendai Lee n° 127* enregistré à Pusan.

Si nous nous étions croisé en mer, je l'aurais senti avant de le voir. Comme avec les baleines. Car une odeur épouvantable s'échappait de cet amalgame de coque rouillée, de cordages, de flotteurs en verre et plastique et de tonnes de filets. Et il paraissait aussi nauséabond que son odeur. De maigres créatures arrivaient à se faufiler dans ce capharnaüm d'équipement et de saleté. Tous en slip. La température à l'intérieur de ce navire conçu pour des climats plus froids devait être infernale. Tous étaient aussi sales que leur embarcation.

Sur le quai, notre gendarme braillait son discours expliquant l'interdiction d'accoster dans l'île. Personne n'écoutait, surtout pas le capitaine coréen qui descendait la passerelle.

Le discours n'est au fond qu'une cérémonie pour satisfaire aux lois d'une administration lointaine. Ces trocs sont vitaux pour la survie de ces communautés isolées. Même le gendarme tenait une bouteille à moitié pleine de perles dans sa main. Pour faire du commerce. De toutes les maisons, les habitants arrivaient, des perles ou des chapeaux à la main.

Une table et deux chaises furent installée sur le quai pour le négoce du capitaine, un petit Asiatique totalement chauve, tellement gras qu'il était presque rond. Des petites jambes arrivaient à porter tout cela. Chaque mouvement le faisait transpirer. Il sentait aussi mauvais que son navire.

Il s'assit. Les habitants commencèrent à montrer, un par un, les perles ou les chapeaux qu'ils désiraient échanger contre des vivres, des articles de pêche ou des marchandises.

Après avoir minutieusement inspecté les perles étalées dans une assiette au milieu de la table, le capitaine grogna comme un animal, puis ce fut au tour du suivant. La majorité des perles offertes était du genre *"pipi"*, une perle jaune aux reflets or, qui provient de petites huîtres en abondance dans le lagon. Quelques perles noires, issues de grosses nacres grises, étaient parfois parmi les lots. Celles-ci étaient petites et baroques, c'est à dire irrégulières et non pas rondes. Or, comme il n'y avait pas de ferme perlière dur l'île, toutes ces perles étaient naturelles, donc de grande valeur.

Le jeu psychologique du Coréen était fascinant à observer. Il traitait les Polynésiens avec hargne. Faisant semblant de dédaigner la marchandise offerte. Les faisait attendre. Se moquait des perles proposées, comme si elles étaient sans valeur. Il savait très bien que le temps jouait en sa faveur. Que ces personnes, perdues sur leur anneau de corail, attendaient avec impatience les sacs de riz et les caisses de conserves posés à côté de lui, bien en évidence. Ces marchandises signifiaient une rupture de la monotonie habituelle. La possibilité de manger autre chose que du poisson séché, du *"uru"*, du poisson cuit, du poisson frit, quelques bananes et de la pulpe de noix de coco. Il savait tout cela. Et il prenait son temps.

Le dernier Polynésien à présenter sa marchandise était un homme d'allure très distinguée. Grand, digne, mince, les cheveux grisonnants, un short blanc impeccable. L'antipode même du capitaine.

Dans ses mains se trouvait une grande demi-nacre qu'il

tenait délicatement. Il la posa sur la table devant le capitaine. Les yeux de l'Asiatique devinrent alors tout ronds. Il se pencha en avant, se leva même, pour mieux voir. La nacre était garnie de coton. Et sur le coton était posée une superbe perle noire. Une perle exceptionnelle. Au moins seize millimètres de diamètre. Magnifique. Avec des teintes grisâtres, presque métalliques mais aussi des reflets bleus et verts. Le rond était parfait. L'image se reflétait, claire comme dans un miroir, preuve de la perle naturelle.

Dans cette nacre se trouvait vraiment un joyau exceptionnel. Une perle rare. Un vrai trésor.

Le capitaine en perdit son souffle. Il devint tout rouge. Son cerveau chauffait à calculer les bénéfices possibles.

Il gueula un ordre en direction du bateau. Un grand marin maigre, en caleçon, accourut avec une bouteille de whisky japonais. Le capitaine lui arracha la bouteille des mains et la posa sèchement sur la table. Puis, il fit signe au Polynésien de s'asseoir.

La négociation commença ainsi à la tombée de la nuit. Les femmes apportèrent les lampes à pétrole. Des *peue* furent placés à une certaine distance autour de la table. Tout l'atoll, femmes, hommes, bébés et chiens y prirent place en silence. Pour la longue veillée. Pour bien observer les négociateurs. Pour ne rien manquer du spectacle. Un chapitre de l'histoire de l'atoll.

Le capitaine offrait de grandes rasades de whisky à son interlocuteur. La bouteille se vidait rapidement. Les offres pour la perle se multipliaient. Un grand radio-cassette fut ajouté au tas de marchandises. La capitaine faisait rouler la perle dans le coton avec son gros doigt. Il l'examinait de tous les côtés avec de petites lunettes rondes apportées par le marin en caleçon. Mais chaque fois qu'il voulait la prendre en main, le Polynésien lui tapait sur les doigts :

- « Achète d'abord. Après tu pourras la prendre. »

Et la négociation continua. Le whisky continua à couler. Une deuxième bouteille fut ouverte. Le marin apporta même cinq pendules cou-cou aux grands rires de la population. Le marin rajoutait au tas de plus en plus de denrées. Ce qui engendra une discussion violente entre l'équipage et le capitaine. Celui-ci bradait maintenant les réserves du bord. Un grand coup de gueule et la promesse de filer droit sur Tahiti pour restocker le navire rétablit le calme.

C'est vers quatre heures du matin, lorsque la constellation d'Orion commença à être visible à l'horizon, que le marché fut conclu : quinze sacs de riz. La radio-cassette. Un fût d'huile végétale. Six sacs de sucre. Six caisses de *corned beef*. Un fût de pétrole. Une caisse de sauce soyou. Deux caisses de lychees en boite. Deux sacs d'oignons. Huit sacs de farine. Trois caisses de whisky. Et six rouleaux de tissu *pareu*.

Le thonier quitta le quai à l'aube et tout le village s'en fut dormir. Je ne me réveillais que le soir. Le village était de nouveau en effervescence. Une immense table avait été dressée devant le temple. Les filles la décoraient avec des *niau*, les feuilles de cocotiers.

Mon infirmier m'expliqua :

- « Nous faisons un grand festin pour célébrer la vente de la perle noire. Tu es aussi invité. Apporte une ou deux bouteilles.»

- « Mais tous les vivres vont y passer. »

- « Oui. Mais nous sommes une communauté. La perle était un peu à tout le monde. Au fond, à toi aussi, puisque tu es américain » dit-il avec un drôle de sourire et partit en riant.

Ce fut vraiment la grande bouffe. Mais avec de la nourriture importée. Des immenses plats de riz frit. Des *"poe"* préparées avec le sucre. Le corned-beef frit avec les oignons. Du whisky à gogo. Une petite orgie sur atoll. Les guitares et les tambours apparurent bientôt. Les chants et les danses devinrent de plus en plus rapides. De plus en plus osés. La vraie bringue. Jusqu'à l'aube.

Je dois avouer que le lendemain je n'étais pas seul à mon réveil.

Il fallut bien deux jours à l'atoll pour récupérer. Deux jours paisibles.

Mais une femme m'observait toujours. Me suivait à distance. Lorsque je me retournais, elle s'arrêtait et me souriait. Si je montais sur le voilier, elle restait assise sur le quai et regardait le bateau sans arrêt. Un peu agacé, je partis consulter mon infirmier :

- « Pourquoi cette femme me suit-elle toujours ? »
- « Parce qu'elle veut de toi. Tu lui plais. »
- « Je veux bien, mais celle-ci a quarante ans ! »
- « Elle n'a pas quarante ans. C'est Stella. Elle en a vingt-quatre. Vois-tu, les filles dans nos atolls vieillissent très vite. C'est le manque de vitamines. Surtout la vitamine C. Il n'y a presque pas de fruits qui puissent pousser dans ce sol calcaire. Les rares réserves de vitamines qu'elles ont pu accumuler sont épuisées après le premier allaitement. Une maternité transforme d'un coup une jeune fille en femme âgée…»
- « Mais le gouvernement de Rarotonga ne peut-il envoyer des pilules de vitamines ? »
- « Oui, il pourrait. Mais il envoie des oranges avec chaque goélette. Une petite caisse avec peut-être trente oranges, tous les six mois et encore. Pour huit cents personnes. Ainsi nous les réservons pour les bébés. Tu sais, nous sommes loin. Et vite oubliés. »
- « Pauvres filles. »
- « Oui. Et elles le savent. C'est pourquoi elles veulent quitter l'atoll avant qu'il ne soit trop tard. C'est pourquoi Stella te court après. »

De retour au voilier, j'appelai Stella qui m'observait encore de loin. Elle vint vers moi timidement. Je l'invitai à bord. Elle resta assise sur le rouf pendant que je démontais mon placard à pharmacie pour trouver toutes les vitamines du bord. Je lui promis aussi un passage à Rarotonga si elle m'apportait la permission écrite de sa famille.

Je venais de la renvoyer chez elle lorsque le bateau de pêche coréen, le même qui avait acheté la perle, entra dans la passe à plein régime. En quelques minutes, il fut le long du quai, arrachant presque ma bôme d'artimon lors de sa manœuvre brusque.

Manu le gendarme accourut faire son discours. Il n'en eut

pas le temps. Le capitaine avait déjà sauté sur le quai et l'attrapa à la gorge :

- « Où est le vendeur de perle ? Où est-il ? Je veux le voir ! » cria-t-il en mauvais anglais

Il hurlait et secouait énergiquement le gendarme manchot. D'autres Polynésiens accoururent pour séparer les deux hommes. Le capitaine hurlait maintenant comme un cochon qu'on égorge. Les marins coréens ne bougeaient pas du bateau. Ils avaient l'air de se cacher derrière les filets. Terrifiés. Ça avait dû barder dur à bord.

Il fallut ficeler le capitaine pour le calmer.

Attaché comme un gigot, il gueula alors en coréen. Un matelot apporta timidement une petite boîte en bois sculptée.

Manu l'ouvrit. Dedans était le coton. La perle était posée dessus. Elle commençait à rouiller.

Les habitants de Penrhyn avaient démonté le roulement à bille d'un des moteurs du "Liberator" écrasé en bout de piste. Un joint d'huile parfait l'avait conservé comme neuf pendant cinquante ans.

METAL PROFOND

UN **APRES-MIDI** de septembre, un jeune homme solitaire se présente au bar-réception de l'hôtel et demande à louer un bungalow pour une semaine.

Toujours trop curieux et aimant savoir qui sont mes clients, je l'interroge gentiment.

Il se trouve être médecin sur le navire de recherches scientifiques qui fait une escale technique à Papeete.

La mission du navire est l'étude des nodules polymétalliques. Un arbre d'hélice tordu impose un carénage dans la cale flottante de la Marine Nationale à Tahiti. Notre médecin en profite pour visiter l'île de Bora Bora.

Ce soir-là, assis à la terrasse face au lagon, un gin et tonic à la main, nous attendons l'explosion du feu du coucher de soleil.

J'engage la conversation :

- « Raconte un peu les nodules. »

- « Oui, voyons. Notre mission est la recherche des nodules polymétalliques. Les grands fonds de l'Océan Pacifique sont, paraît-il, recouverts de ces nodules.

Surtout au Sud des Iles Hawaii et à l'ouest de l'atoll de Clipperton. Un nodule est une accumulation de particules de métaux, surtout de fer, de cuivre et de manganèse, autour d'un corps étranger qui s'est déposé au fond. Il a généralement la taille et la forme d'une pomme de terre.

« On dit qu'il y en a des milliards de tonnes, et qu'il suffit de les ramasser. Mais là est la grande difficulté : ils se trouvent entre quatre et cinq kilomètres sous la surface de l'océan.

« Notre mission est de prélever des échantillons. Le navire est équipé d'un immense treuil avec quinze kilomètres de câble en acier. Nous utilisons une sorte de chalut avec lequel nous draguons une demi-heure à la fois. Ensuite, il faut au moins huit heures pour le remonter à la surface.

« Je m'occupe aussi de la photographie à bord. Il est rare qu'il y ait des malades parmi les dix-sept hommes d'équipage. Alors cela m'occupe. Lors de chaque chalutage, nous filmons le fond de l'océan qui se présente devant la drague. Avec la caméra seize millimètres, protégée par une sphère en acier spécial. Elle est montée dans un panier attaché à cet effet à l'avant du chalut et équipée de puissants projecteurs, car l'obscurité est totale à ces profondeurs. Ainsi nous savons comment sont répartis les nodules. Mais aussi quel est l'obstacle qui a déchiré notre chalut, ce qui arrive assez fréquemment.

Les pressions à ces profondeurs sont énormes. De quatre à cinq tonnes au centimètre carré. C'est pour cela que des caméras télévisions sont incompatibles. Un jour, nous avons utilisé une sphère qui devait avoir un défaut caché. Elle a été remontée des profondeurs, plate comme une crêpe. La caméra dedans aussi, bien sûr.

« Parfois, nous nous amusons à mettre des œufs crus dans le panier. Une coquille d'œuf est semi-poreuse, et c'est toujours un œuf intact qui remonte. Mais à l'intérieur, le blanc et le jaune ont été comprimé à tel point que l'œuf est devenu dur comme une pierre. Et de moitié de son volume initial.

« Les nodules récoltés sont analysés par des scientifiques. Nous en avons deux à bord. Gentils, mais ils ont de fortes personnalités. Alors, ils n'arrêtent pas de se chamailler :
- « Voyez-vous, mon cher, ce nodule a au moins deux cents millions d'années. »
- « Mais non. Vous faites erreur comme toujours. Au moins quatre cents millions d'années.»
- « Pauvre homme. Vivre dans l'ignorance. Vous avez dû trouver votre doctorat dans une boîte de Bonux ! »
« Et c'est comme cela tous les jours, tout le temps.
« Le nodule est ensuite découpé en deux. Au centre de la patate se trouve invariablement soit une dent de requin, soit une arête de poisson. Objets qui ont servi de support initial pour la cristallisation des métaux.
« Un jour, un nodule exceptionnellement gros fut arraché aux profondeurs. Nos scientifiques le manipulèrent avec respect. Puis la dispute recommença de plus belle :
- « Voyez-vous, mon cher, celui-ci a au moins cinq cents millions d'années.»
- « Mais non, pauvre ignorant. Un milliard d'années serait modeste.»
- « Non. Il est plus jeune, mais c'est une dent de cachalot qui est au centre ! »
- « Quelle bêtise ! Les cachalots n'existaient pas encore à cette époque ! »

« Et comme l'heure du dîner était arrivée, la dispute se poursuivit pendant la durée du repas.
« L'équipage alors s'intéressa aussi à ce nodule insolite. L'ennui de la routine du bord aidant, la patate exceptionnelle devint vite un objet de passion. Les hommes se divisèrent, chaque camp supportant "son" scientifique.
« Le capitaine, homme pragmatique, alla chercher une

boîte à cigares et accepta les paris : dent de cachalot ou pas dent de cachalot ?

« Les billets furent déposés dans la boîte et tout le monde suivit les deux experts vers le laboratoire en file indienne.

« Chacun essayait de pousser l'autre à la porte de la petite cabine pour voir les deux scientifiques transpirer avec une scie à métaux pendant une demi-heure, le temps qu'il fallut pour couper en deux le nodule.

« Une moitié de la patate tomba à terre avec un bruit sec. Puis ce fut le silence. Total :

« Au centre du nodule se trouvait une… bougie d'allumage de moteur. »

LE FANTOME DU PALACE HOTEL

PROMENE-TOI la nuit dans les villages ou districts des îles de Polynésie. Tu verras que chaque maison a une lumière qui éclaire faiblement une chambre. Généralement ce sera une lampe à pétrole. Nul Polynésien ne pourrait dormir sans cette lumière. Il serait terrifié, il ferait des cauchermars. Car c'est elle qui tient à distance les *"tupa-pau"*, ces esprits, ces fantômes des ancêtres.

Ils sont toujours, encore, parmi nous, les *tupapau*. Ni les voitures, ni l'électricité, ni la télévision n'ont pu les chasser. Ces esprits font partie de la famille et du quotidien comme la grand-mère.

Si tu es gentil avec eux, si tu les respectes, ils te le rendront. Mais si tu te moques d'eux, si tu les ignores, ils seront fâchés alors, et pourront être impitoyables.

Les *tupapau* sont partout. Mais ils préfèrent les cailloux comme domicile. Les *tiki* de pierre, les tombes et les *mara'e*.

Les *mara'e* sont ces grandes plate-formes construites avec des pierres ou des coraux, que l'on trouve partout dans toutes les îles et atolls de Polynésie. Ils sont les anciens lieux de prière des familles. Et de sacrifices humains. Plus la famille était vénérée et plus il y avait de crânes sur le *mara'e*.

Il y a des *mara'e* partout à Tahiti. Si tu veux construire quelque chose de grand, tu ne peux pas éviter d'en bousculer au moins un avec le bulldozer.

C'est ce qui se passa lors de la construction de deux des grands hôtels des environs de Papeete.

Le scénario est toujours le même : les vestiges d'un *mara'e* se trouvent à l'endroit où il faut creuser pour construire les fondations. Le chef de chantier, fraîchement arrivé dans les îles, donne l'ordre au conducteur de l'engin :

- "Faites-moi un tas là-bas avec ces cailloux !"

- "Mais t'es fou, chef, c'est un *mara'e* !" répond le Tahitien.

Une grande discussion suit. Le conducteur refuse de toucher au *mara'e*. Plutôt se faire renvoyer. Le chef insiste. Il faut bien construire l'hôtel. Il finira par prendre lui-même les commandes de l'engin pour raser tout cela.

Tout le monde le regardera faire avec de grands yeux. On aura pitié du chef. Il va faire des cauchemars, il tombera malade, il y aura un grand malheur dans sa famille.

Le *tupapau* de l'hôtel…, le palace de la côte Est de Tahiti, aime se promener en dame blanche. La nuit.

L'hôtel a été construit le long du flanc de la montagne. Pour respecter le code de construction, qui interdit de construire plus haut que le plus grand des cocotiers. Alors on a construit en descendant le long du flanc de la colline. Ainsi, le rez-de-chaussée est en haut de la butte, le douzième étage tout à fait en bas. Là où était le *mara'e*. Là où rode encore la dame blanche.

Aucun employé n'ose descendre au douzième la nuit. Ni les ménagères, ni le mécanicien. Car la machinerie des ascenseurs se trouve aussi au douzième. Si une panne se produit la nuit, ce ne sera pas réparé avant le matin. Tant pis pour les clients, ils prendront l'escalier.

Mais le *tupapau* est sélectif : il ne se montre qu'aux employés ou aux locaux. Jamais aux touristes. Mais ceux-ci se plaignent quand même. Pas de service, pas de ménage après la tombée de la nuit.

Un directeur en avait assez d'entendre les clients se plaindre. Il décida d'employer les grands moyens pour régler une fois pour toute ce problème. Il fit paraître une annonce dans les journaux de Suisse :

> *« Offrons poste de gouvernante pour grand hôtel à Tahiti. Cherchons dame sérieuse et qualifiée ne croyant pas aux fantômes, etc. »*

Elle arriva un mois plus tard. Elle était des plus qualifiées. Triée sur le volet. Le directeur avait été personnellement en Europe pour la choisir. C'était une dame helvétique de forte corpulence. Son chignon impeccable faisait aussi sévère que les traits de son visage. Elle claquait les talons en marchant. Pas de sourire. Cela aurait été un signe de faiblesse. Elle avait été à l'Ecole Hôtelière de Lausanne. On ne pouvait trouver plus efficace. Plus propre. Plus net. Plus *"blitze-blanke"*, comme on dit en Suisse.

Elle fut comme une tornade avec les filles. Les ordres fusaient. Elle était partout. Elle n'était jamais contente. Les ménagères commencèrent à courir. Du jamais-vu. Les chambres étaient astiquées. Les lavabos brillaient comme des miroirs. Le directeur se frottait les mains de plaisir.

Le deuxième soir, elle donna ses ordres : "Faire les couvertures" dans les étages. Une équipe au douzième.

Entendant cet ordre, toutes les filles s'arrêtèrent net. Pas question de descendre là-bas. Refus sec de toute l'équipe. C'était la mutinerie. Les filles ne descendraient pas.

Mais la Suissesse n'abandonna pas. Elle allait leur montrer. A ces primitifs, à ces crédules. Les fantômes, ça n'existe pas, voyons. Elle descendrait elle-même ouvrir les lits. Cette fois-ci. Ensuite, il n'y aurait plus d'excuses. Les filles seraient bien obligées de se plier.

Elle se dirigea vers l'ascenseur avec seau et balai, claquant les talons. Les filles la suivaient. La suppliaient de ne pas descendre. L'imploraient de les écouter. Sans répondre, la tête haute, le visage méprisant, elle disparut dans l'ascenseur.

Les filles durent attendre vingt minutes. Terrifiées. Certaines pleuraient, se sentaient responsables. Elles avaient pitié de la dame, même si elle était trop sévère. Elles imaginaient les pires choses.

Puis l'ascenseur remonta. La porte s'ouvrit. La dame suisse en sortit. Blême. Blanche comme un linceul. Sans balai. Sans un mot, comme un automate, elle se dirigea vers sa chambre. Là, elle fit ses valises. Puis elle partit vers la réception pour prendre un taxi pour l'aéroport. Toujours blême. Toujours sans un mot.

C'est là-bas, à deux heures du matin, dans le hall désert de l'aérogare, que le directeur la trouva. Toute seule sur un banc, les yeux fixés tout droit devant elle. Il la questionna, la supplia de rester. Elle ne répondit pas. Elle resta immobile et silencieuse. Comme une statue. Elle quitta Tahiti le lendemain matin par le premier avion. Personne ne saura jamais ce qui s'était passé ce soir là au douzième. Les lits n'y sont toujours pas ouverts pour la nuit et il arrive parfois d'attendre le lendemain pour avoir un ascenseur.

Mais un autre grand hôtel, un grand palace de la côte Ouest, a lui aussi son *tupapau*. Plus subtil, plus malin.

Je me rappelle l'inauguration de cet hôtel. C'était un jour grandiose pour Tahiti. La grande fête.

Imagine-toi le premier grand palace de classe internationale. Tout climatisé. Du marbre partout, des grands miroirs. Le téléphone dans chaque chambre. Tout en béton, rien ne pouvait pourrir : on devenait un pays moderne. La population était émerveillée, le touriste l'était moins : il retrouvait le même lit, la même chaise, le même couvre-lit qu'il y avait dans l'hôtel qu'il venait de quitter à Paris. Vingt mille kilomètres pour rien.

Le Tout-Papeete était venu au rendez-vous. Le gratin de cette petite préfecture. Tous ceux qui étaient quelque chose ou croyaient l'être. La presse, les photographes bref, tout le monde était là. Chacun avec sa légitime ; a cause des photos. Le gouverneur, bien sûr, était venu en grand uniforme de gala blanc avec casquette à dorure. Il coupa le ruban tricolore après un discours patriotique. L'orchestre de l'Infanterie de Marine joua la Marseillaise en transpirant. Puis la foule, lasse de ces cérémonies, se rua sur le bar et le somptueux buffet. Petit à petit, les groupes se formaient. Les dames tahitiennes dans un coin potinaient, les dames fonctionnaires métropolitaines formaient une cour autour de Madame le gouverneur, les dames militaires autour de Madame l'amiral. Chez les messieurs, c'était à peu près le même spectacle, mais on essayait de se prendre au sérieux et il y avait moins de couleurs. La fête était une grande réussite. La vraie classe, cette inauguration. D'une porte, un employé fit signe à Romain, le jeune directeur de l'hôtel. Celui-ci s'excusa auprès de ses invités de marque.

- « Patron, y'a plus d'eau dans l'hôtel ! »
- « Débrouillez-vous ! Appelez l'ingénieur, le plombier, mais débrouillez-vous. »

Mais, durant toute la réception, l'eau sera coupée, puis reviendra, sera coupée à nouveau, reviendra et ainsi de suite. Quelques problèmes se développeront dans les toilettes et ce sera la panique dans les cuisines. Le directeur s'en arrachait presque les cheveux. tout avait pourtant été inspecté, testé.

Puis, vers la fin de la réception, l'eau reviendra et coulera sans interruption les deux semaines suivantes.

Toute l'île a appris la nouvelle de l'incident. Toute l'île sait que le super palace a son fantôme, son *tupapau*. Il a été malin. Il aura attendu l'inauguration pour se manifester. Pourtant son *mara'e* avait été tout petit. Un misérable petit *mara'e*. Surement d'une famille bien modeste. Avec quelques malheureux crânes pour l'orner. Mais Tahiti commençait à aimer son *tupapau*. L'on est toujours avide d'anecdotes sous nos latitudes au climat peu varié. Surtout si elles concernent les expatriés nouvellement arrivés et imbus de leur civilisation.

Ceux-ci arrivent tous comme des missionnaires. Pour nous initier à leur modèle de société. Car ils sont persuadés qu'il est le meilleur. Le seul valable. Mais ils oublient toujours que les habitants de leurs grandes villes, le produit de cette société parfaite, rêvent presque tous de petites communautés imparfaites comme Tahiti.

Peut-être que le vieux Tahiti et son *tupapau* pourra-t-il apprendre quelque chose à ce monde efficace et arrogant venu d'ailleurs. Car l'eau recommença à disparaître. De temps en temps. Généralement cela arrivait à l'aube, parfois l'après-midi. Chute de pression, une minute après retour de pression. Puis rechute, puis retour. Ainsi de suite. Parfois cela durait cinq minutes, parfois un quart d'heure. Rarement plus.

Bien sûr, Romain convoqua de multiples réunions avec l'entreprise de plomberie qui avait fait l'installation ainsi qu'avec les architectes. Ceux-ci inspectèrent les kilomètres de tuyaux. Ils furent catégoriques. Cela venait d'ailleurs. De la commune qui fournit l'eau. Démarches à la commune. Qui dépêcha des ingénieurs aux bassins dans les montagnes, inspecta les canalisations. Déni formel de responsabilité de la commune. Les bassins étaient pleins lors des coupures. Aucune maison des alentours, alimentée par le même réseau, ne subissait les mêmes problèmes.

Et les coupures continuèrent. Mais jamais les week-ends. Alors tout Tahiti parle d'un *tupapau* chrétien. Celui qui respecte le Sabbat, la trève du Seigneur. L'intérêt grandit de jour en jour.

Mais Romain, le directeur, riait jaune. Les clients se plaignaient de plus en plus. Et il était devenu la risée du Territoire. Il décida d'appeler le siège à Paris :

- « Faites venir les meilleurs spécialistes. Tout de suite ! Je m'en fouts si ça coûte la peau des fesses. »

Tahiti retint son souffle. Tout cela devenait passionnant.

Ils arrivèrent deux jours plus tard, dans le prochain avion en provenance de l'Europe. Avec une tonne d'appareils de radiographie et de sondes.

Deux semaines durant, les spécialistes et leur équipe ouvrirent les plafonds. Démontèrent les vannes. Envoyèrent des sondes. Analysèrent les plans. Inspectèrent le réseau hydraulique de la commune. Mesurèrent toutes les pressions. En vain. Bredouilles. Tout était normal.

A la fin de la semaine, Romain réunit tous les spécialistes et demanda leur verdict :

- « Monsieur le Directeur, nous avons tout inspecté. Tout est parfait. Tout est normal. Tout est aux normes. Il n'y a pas un gramme de débris dans les canalisations. »

- « Mais alors comment expliquez-vous les coupures ? »
- « Nous n'avons pas d'explication. Il n'y a pas d'explication technique. Ni rationnelle. Peut-être est-ce vraiment un fantôme. »

Fureur et rage de Romain. Les fantômes, ça n'existe pas ! Il insulta les spécialistes. Des millions dépensés pour s'entendre dire cela ! Il était au bord des larmes.

Sa secrétaire tahitienne, qui prenait des notes, suggéra :
- « Pourquoi tu ne vas pas demander au *tahua* de Papara ? On dit qu'il est le meilleur. »
- « Qu'est-ce que c'est qu'un *tahua* ? »
- « Un des vieux guérisseurs, sorciers. Ceux qui te soignent avec les plantes. Ils connaissent les vieilles coutumes. Ils sont copains avec les esprits. Celui de Papara, il s'appelle Tupua. C'est le seul qui s'occupe du grand *mara'e* de Mehetia. Le plus grand et le plus puissant des *mara'e*. Il sait parler aux *tupapau*. »
- « Je n'ai pas besoin de sorcier. Je ne suis pas devenu fou ! »

Mais le lendemain, après avoir été à nouveau assailli par les clients de l'hôtel qui se plaignaient des problèmes d'eau, il retourna voir sa secrétaire :
- « Prenez ma voiture et allez dire au sorcier de venir. »

Celui-ci se présenta le lendemain. Romain s'attendait à voir un grand homme distingué, comme les mages dans les films d'Hollywood. Il était petit et trapu. Torse nu, pieds nus. Vêtu uniquement de ce short trop grand qu'effectent les Tahitiens de la campagne.

Il avait garé sa vieille 403 camionnette toute bosselée et rouillée juste devant le grand hall d'entrée du palace. Une vieille mamie vêtue d'un *pare'u* était assise à l'arrière dans la benne. Elle fit un grand sourire à Romain qui put ainsi apprécier le manque total de dents.

Dans son bureau, le vieux s'assit confortablement dans un des fauteuils, un grand sourire aux lèvres. Il appréciait et admirait visiblement le grand luxe du bureau. La secrétaire arriva pour traduire. Romain expliqua son problème. Le vieux écouta la traduction et répondit :

- « Je connais ton problème. C'est un *tupapau* des Haerepo. Ces vieux troubadours des temps anciens. Celui-là est mort après avoir bu trop de *kava*. Il cuvait son vin depuis des siècles. Et tu es venu le déranger avec ta maison trop grande. Il est fâché avec toi, directeur. Tu le déranges et après tu dis qu'il n'existe pas. Le mal et l'injure. Ce n'est pas gentil. C'est toi qui est venu le déranger. Tu dois te faire pardonner. »

- « Mais comment ? »

- « Tu dois lui montrer que tu le respectes. Tu dois croire en lui. Il faut une grande cérémonie pour lui montrer ton respect. Une marche sur le feu. »

- « Ça va me coûter combien ? »

- « Ce que tu veux bien donner. Je ne fais pas payer. C'est interdit. Si on te demande des sous, alors ce n'est pas un vrai *tahua*. »

Romain avait discuté auparavant avec sa secrétaire. Elle avait mentionné que le vieux ne dédaignait pas du tout de boire un coup. Venant d'un monde suspicieux, il proposa :

- « Je te donne quatre caisses de Johnny et vingt caisses de bière. La moitié maintenant, le reste après le succès de l'entreprise. »

Le vieux *tahua* resta immobile quelques instants. Il se leva. Il dit :

- « D'accord. Mais je vois que tu n'as pas confiance. Aie confiance. Je ne parle pas si je ne peux pas. Si je ne réussis pas, chaque gosse de Tahiti se moquera de moi, me dira que mon "*mana*", mon pouvoir, est comme une banane pourrie. Juste bon pour les poules. Ce serait pire que la mort. Vivre dans le mépris de la communauté. Tu risques quelques bouteilles. Je risque ma vie. Pense-y bien. Pense aussi au pauvre *tupapau*. Le pauvre. Ça fait pitié. Il n'a plus de maison. Pour l'éternité. »

Les bagagistes chargèrent la précieuse cargaison dans la vieille guimbarde.

Le vieux donna ses instructions aux employés pour les préparations de la fosse. Leur indiqua où chercher les galets. Quel bois était nécessaire pour le feu.

Lorsqu'il quitta l'hôtel au volant de son tacot avec la *mamie* à l'arrière, coincée entre les caisses de bière, il fut ovationné par tous les employés de l'hôtel. Il était pour eux la preuve concrète que le *"mana"*, le pouvoir du Tahiti ancien, était encore bien vivant.

Le *tahua* vint tous les soirs à l'hôtel, s'assoir au bord de la grande fosse qui avait été creusée. Il récitait des vieux cantiques monotones. Restait immobile des heures. Inspecta le bois posé au fond de la fosse. Puis les tonnes de galets qui furent posés sur le bois. Il passa des soirs entiers à frotter les galets avec les feuilles de *ti*, un arbrisseau aux longues feuilles vertes.

La fosse était prête. La cérémonie se déroulerait le vendredi soir. Romain avait convié tous les clients de l'hôtel. Autant mettre à profit tous ces salamalecs en les transformant en animation touristique. Au moins cela servira à quelque chose, pensa-t-il.

Le *tahua* arriva avec une petite troupe composée uniquement d'hommes. Surtout des vieux. Tous vêtus de *pare'u*. Romain reconnu deux employés. Des torchères avaient été disposées tout autour de la grande fosse. Le *tahua* avait allumé le bois le matin. Maintenant, il faisait nuit et la lueur rougeâtre des cailloux chauffés donnait une ambiance dantesque au jardin. Un tambour tahitien solitaire sonnait une cadence presque mortuaire. Tous les clients de l'hôtel étaient présents. Mais aussi une foule de gens de Papeete. Surtout des locaux. Assis sur l'herbe autour de la fosse, mais à une certaine distance. Radio Cocotier avait encore fonctionné à merveille. Personne hors de l'hôtel n'avait été invité.

Le *tahua* et un autre vieux ramassèrent chacun deux branches de *ti*. En les tenant comme des cierges, ils s'avancèrent vers le bord de la fosse. Le silence tomba sur la foule. Le tambour sonna un peu plus vite. Les deux vieux s'avancèrent. Pieds nus sur les galets brûlants. Ils étaient comme en transe.

Frappant les galets devant eux avec les feuilles de *ti*, lentement ils franchissaient la fosse. Les pieds se posaient d'un caillou brûlant à un autre. La foule était médusée. Fascinée. Ils arrivèrent de l'autre côté, puis firent le tour de la fosse, toujours calmement, en silence. Ils se dirigèrent vers Romain. Qui les félicita, lorsque le vieux lui parla.

- « Qu'est-ce qu'il dit ? » demanda Romain à son voisin.

- « A ton tour maintenant. Enlève tes chaussures. »

Romain tomba des nues. Refusa. Le vieux expliqua calmement que c'était avec lui que l'esprit était faché. Alors il devait y aller. Ou tout serait vain. S'il croit au fantôme, il n'y aura pas de brûlures. Et il montra ses pieds.

- « Il faut juste penser et croire au *tupapau*. » expliqua le vieux.

Romain regarda autour de lui. Des milliers d'yeux le fixaient. Ses clients aussi. C'était un vrai piège. Il pensa à sa carrière. Il devait y aller. Il n'y avait pas d'autre issue.

Il enleva ses chaussures. Lentement, il s'avança vers la fosse. La chaleur lui frappa la figure. Il eut un geste de recul. Mais les deux vieux étaient à ses côtés. Ils lui attrapèrent chacun un bras. Le tahua lui souffla :

- « Toi, pense au *tupapau* ! »

Romain essaya. Il se força à penser au fantôme. Les vieux le tenaient ferme et avançaient lentement. Il sentit la chaleur sous ses pieds. La douleur. Il voulut crier. Il ne pût. Aucun son ne sortit de sa gorge. Il pensa au fantôme. La douleur disparut. Les vieux le portaient presque. Ils avaient une force inouïe. Puis ils le lachèrent. C'était fini. Il avait réussi. Il marchait sur l'herbe. La tête lui tournait, mais il se contrôla.

La foule, alors, se mit à applaudir. Il était entouré de connaissances et de cadres qui le félicitaient. Tout le monde voulut lui serrer la main.

La foule s'écarta. Le *tahua* vint vers Romain et le congratula. Romain le remercia et l'invita au bar. Mais le *tahua* s'éclipsa discrètement.

Beaucoup plus tard, après quelques whiskys secs et après avoir répété maintes fois ses impressions aux notables qui le félicitaient, Romain regarda ses pieds qui lui faisaient de plus en plus mal. Ils étaient brûlés.

Il se fit conduire à l'hôpital. L'infirmier de garde, déjà au courant, l'accueillit comme un héros. Mais lorsqu'il examina les pieds, son visage s'assombrit :
- « Tu n'as pas écouté le *tahua*. Tu n'as pas pensé au *tupapau*. Tu aurais dû écouter le vieux. Regarde. Tu as des brûlures au second degré. »

Romain quitta l'hôpital avec deux immenses bandages protégés par des sacs en plastique aux pieds.
Le lendemain, il était furieux. Il sortit à peine de son bureau. Il était obligé de marcher avec des béquilles. Lorsqu'il regardait les gros bandages, il se demandait comment se venger.
Il pensait être la risée de Papeete, mais en fait il était le héros de l'île.

Le lundi suivant, l'arrivée d'eau fut interrompue comme d'habitude.
Entendant cela, Romain devint vraiment fou de rage. Il voulut égorger le sorcier. Lui passer les pieds au chalumeau ou les lui mettre dans la grande rôtissoire. Et si l'on apprenait au siège qu'il s'était fait pigeonner par un sorcier indigène. Qu'il lui avait donné la clef du bar pour ensuite se faire rôtir les pieds. Sa carrière serait foutue. Il dirigerait un troisième classe le long de l'autoroute du Nord.
A ce moment, l'on frappa à la porte. C'était l'ingénieur et le jardinier, lequel parla :
- « Patron, ça y est ! J'ai trouvé le *tupapau*. »
- « Quoi ? Tu oses me parler de *tupapau* ! Regarde mes pieds."
- « *I'a*, ça fait pitié patron. Mais écoute. J'ai trouvé. C'est les gosses. Ce matin, je suis venu en retard car la sœur de ma belle-mère avait un pneu crevé de sa Vespa. En venant ici, avec une heure de retard, je suis passé devant les buissons

d'hibiscus. Là-bas. A l'autre bout. J'ai entendu comme un gémissement. Je suis allé voir. C'était les gosses de Mama Iris.

« Ils étaient assis sur le gros tuyau qui envoie l'eau à l'hôtel. Derrière la grosse vanne. Ils tournaient la grosse vanne dans tous les sens. C'est un volant de camion pour eux. Ils jouent aux conducteurs tous les matins en attendant le *truck* (autobus tahitien) de l'école. Ils font des grands "vroum, vroum" en tournant la grande roue. C'est comme ça qu'ils coupent l'eau de l'hôtel. Comme il n'y a pas d'école le week-end, ils ne jouent pas et ça coupe pas l'eau. »

Le directeur ne répondit pas. Il regarda seulement ses pieds. L'ingénieur enchaîna :
- « J'ai mis une grosse chaîne et un gros cadenas. Cela ne se reproduira plus. »
Romain continuait de regarder ses pieds.
- « T'es pas content que j'ai trouvé ? » demanda le jardinier avant de partir.
Il ne répondit pas. Il était en train de préparer le discours qu'il allait tenir au tahua. Il l'attendait, celui-là. Lui et son *tupapau*.

Il arriva en milieu de semaine.
A l'arrière de la camionnette étaient les caisses de bières vides. Coincées entre les caisses, cette fois-ci, se trouvaient deux vieilles *mamies* tahitiennes. Elles avaient les couronnes de fleurs en travers sur la tête, une guitare et un ukulele à la main. Elles jouaient et chantaient assez fort. Elles venaient juste de terminer la dernière caisse de bière.
Bien sûr, ce beau monde alla encore se garer juste devant le hall d'entrée. Ah ça ! de la couleur locale, les touristes en eurent pour leur argent !

Romain arriva en boîtant, les pieds de momie dans les sacs plastiques. Il commença à crier et gesticuler en montrant ses pieds avec sa béquille. Le *tahua* ne compris rien. Le bagagiste vint traduire :

- « Que viens-tu faire ici ? Je devrais t'envoyer au tribunal. Regarde mes pieds. »
- « Ton problème est réglé. Les esprits t'ont pardonné. J'ai tenu ma parole. Je viens pour la seconde moitié de la tienne. »
- « Mais il n'y avait pas de fantômes. C'était des gosses. Fous le camp ou j'appelle les flics ! »

Le vieux resta silencieux quelques minutes. Il ne perdit ni son calme ni son sourire :
- « Tu n'as rien compris. C'est le *tupapau* qui a crevé le pneu de la sœur de la belle-mère de Petero. Comme cela il a été en retard. Comme cela il a pu voir les gosses. Comme ça vous pouvez mettre un cadenas. Le *tupapau* ne peut pas mettre de cadenas, lui. »
Loin d'être convaincu, Romain s'énerva plus encore :
- « Tu me prends pour un idiot, toi et tes balivernes. Vas-t-en. Tu n'auras rien et je ne veux plus jamais te voir ici. »

Le vieux resta silencieux. Puis il fit signe à une mamie de décharger les caisses vides. Le vieux se tourna vers Romain :
- « Tu n'es pas gentil. Tu ne tiens pas ta parole. L'esprit va encore se fâcher. Il ne faudra pas venir me chercher alors."
- "Je me suis laissé prendre une fois. Pas deux. Les fantômes, ce sont des sornettes. »

A ce moment, un bagagiste arriva en courant :
- « Patron, patron, il n'y a plus d'électricité dans l'hôtel ! »
Romain se tourna vers le grand hall de réception. Il était dans l'obscurité.

Les mamies terminaient de décharger les caisses vides. Le *tahua* remonta dans la guimbarde. Les mamies prirent place à l'arrière, silencieuses. Le vieux démarra le moteur qui avait ses ratés habituelles.

Romain se tourna vers lui, le regarda :
- « Attendez, Monsieur, un moment. »
Et donna l'ordre au bagagiste :

61

- « Mettez dix caisses de bière et deux caisses de whisky dans la camionnette de Monsieur. Tout de suite. »

Les deux mamies donnèrent un grand sourire édenté à Romain et recommencèrent à brailler leurs chansons.

Et la centaine de lampes néon de la réception se rallumèrent en clignotant.

LA VRAIE CLASSE

ou

« *Tropical High Society* »

VOICI plus de dix ans, lors de mes voyages dans les pays 'civilisés', beaucoup de personnes me posaient la même question : « Comment pouvez vous vivre là-bas dans ces îles perdues alors qu'il est si difficile de trouver les choses nécessaires à une vie civilisée ? »

Bien sûr, jadis, avant que les supermarchés et autres grandes surfaces ne s'implantent à Tahiti, nous n'avions pas un choix de marchandises comme à Paris ou Los Angeles. Loin de là ! Souvent, il fallait attendre six mois pour trouver ce que l'on cherchait. A cette époque, la règle à Tahiti était que si on le voyait, il fallait l'acheter tout de suite, au prix fort bien sûr, car il n'y en aurait plus le lendemain. Ainsi nous apprenions vite à nous satisfaire du stricte nécessaire. Et nous connaissions aussi la patience.

Mais cela, pour autant, ne veut pas dire que nous manquions de classe. Loin de là, parfois nous en avons même plus qu'ailleurs. Différemment, bien sûr. Cette classe si spéciale aux îles, je l'avais découverte il y a bien longtemps, chez Maïre F... à Tahiti.

Laissez moi vous conter cette expérience :

Maïre était une très belle femme qui portait bien sa trentaine. Mince, de taille moyenne, elle avait la démarche élégante qui trahissait un stage prolongé dans l'un des grands groupes de danse tahitienne, ces groupes qui étaient alors une sorte de "finishing-school" pour les jeunes filles. Bien sûr, Maïre, comme toute vraie Tahitienne qui se respecte, avait de long cheveux noirs qui flottaient au vent et qui ont tendance à retomber sur une partie du visage; cette obstruction du visage par les cheveux est compensé par un mouvement brusque de la tête qui renvoie la longue chevelure en arrière avec les ondulations d'une vague. J'adore ce réflexe si typique des filles de nos îles. Toute une Polynésie est dans ce geste.

La maman de Maïre était une Polynésienne pure de Rurutu, l'une des îles Australes. Son père, un Anglais arrivé dans nos îles dans les années trente, avait lancé l'apiculture à Tahiti. Ainsi Maïre, une "Demie" (métisse) comme on dit à Tahiti sans aucune insinuation péjorative, avait hérité de son père l'ambition occidentale, alors que sa maman lui avait légué la patience, la gentillesse et la tranquillité polynésienne. Une tranquillité qui cache par contre aussi la grande fierté maori, très sensible aux contrariétés, tel un volcan qui bouillonne sous des cendres paisibles. Ainsi, lorsque nos filles de Tahiti sont contrariées, une grande éruption peut se produire. Mieux vaut alors aller se cacher et attendre que cela passe. Il ne faut surtout ne pas essayer d'avoir raison ou de calmer un tel cyclone en furie.

Lorsque Maïre célébra son dix huitième anniversaire, son père l'emmena faire un long voyage afin de la présenter à la branche européenne de sa famille en Angleterre. Un voyage et des découvertes qui marquèrent notre Maïre pour toujours. Là-bas, en Europe, elle découvrit ce que certains appellent les belles choses de la vie: Les réceptions élégantes, les grands dîners, les bals avec leurs valses, la cérémonie du thé, bref tout un rituel social que l'on nomme la civilisation du Royaume-Uni. La tante de Maïre, laquelle faisait partie de la "gentry" de Londres, lui expliqua longuement et en détail les mille et un secrets de l'étiquette, les bons mouvements indispensables au bon moment pour être une personne de qualité et digne de son rang social. L'art de choisir les objets pour meubler et parer sa maison, comment s'habiller pour telle ou telle occasion. Ainsi, petit à petit, la vieille tante lui infusa aussi avec patience et méticulosité une chose qui était alors pratiquement inconnue des Polynésiens: un esprit de classe.

La jeune Maïre fut la meilleure élève possible, absorbant avec enthousiasme et une facilité inouïe tout le cérémonial de la haute bourgeoisie anglaise, ce qui était inévitable car les bases de la société polynésienne sont eux aussi fondés sur un système compliqué de rites, quoique bien différents. Voici deux siècles déjà, Omaï, le premier Tahitien à visiter Londres, avait enthousiasmé la noblesse anglaise et française par une apparente civilité élaborée de ses gestes et par son adaptabilité extraordinaire envers une société donnant une importance démesurée au cérémonial. Ainsi il confirmait, à son insu et avec superbe, la théorie du "noble sauvage" annoncée quelques décennies plus tôt dans les écrits de Jean-Jacques Rousseau.

Après ce séjour éducatif d'un an en Europe, Maïre retourna à Tahiti avec une certitude : désormais elle serait la 'grande dame' de Papeete. Elle laissa vite tomber son ancien petit ami, qui n'était plus du tout 'dans le coup' ni adapté à ses nouvelles ambitions, pour aller chercher un mari qui pourra rendre possible une vie de châtelaine anglaise aux antipodes. Une telle vie sophistiquée et cultivée était devenue l'élément moteur de son existence. Ainsi, Maïre se mit à fréquenter les milieux de l'administration territoriale et accepta toutes les invitations pour avoir un aperçu des célibataires disponibles, surtout les *"Popa'a"* (blancs, étrangers). Bien sûr, elle cacha soigneusement ses vraies ambitions car, intelligente, elle savait très bien que la raison pour laquelle beaucoup de *Popa'a* prennent femmes à Tahiti est précisément pour échapper au calvaire qu'impliquent certaines ambitions sociales de la gent féminine occidentale. Ce ne sera qu'après le mariage que petit à petit, elle dévoilerait ses rêves avec gentillesse et une patience infinie. S'il est une chose que nos filles des îles savent bien faire, c'est mener leur mari. Surtout les maris *popa'a*, mais elles savent toujours le faire avec délicatesse et un grand respect pour la dignité de leur homme, donc avec intelligence.

Maïre trouva le mari adéquat en la personne de Jean-Marc. Fonctionnaire d'Etat muté depuis des années à Tahiti, quarante ans, divorcé, bel homme encore et viril. Son salaire garantissait une vie aisée avec la sécurité, sa profession offrait une place assurée dans le petit monde social de Papeete. L'accès à toutes les belles choses qui semblent être indispensables à une certaine conception de la qualité de la vie était trouvé.

Maïre, de son côté, apportait à Jean-Marc une compagnie charmante, un contact sûr avec la population locale et la garantie qu'il resterait en poste à Tahiti (avec tout les privilèges que cela implique) car l'Administration française, sensible aux spécificités locales, considère qu'il serait cruel de demander à une Tahitienne de vivre dans le froid et l'éloignement de la lointaine Mère Patrie.

Après leur mariage discret, Maïre se mit de suite à l'œuvre. Elle choisit un grand terrain dans les hauteurs de Punaauia, aujourd'hui la banlieue "chic" de Papeete mais qui n'était alors qu'un district rural et, quelques années plus tard, y fit édifier une maison en style colonial avec une grande terrasse. Le choix du lieu était sublime car il donnait une vue imprenable sur la Mer de la Lune, l'étendue d'océan qui sépare Tahiti de Moorea, avec en fond de coulisses, les pitons de l'île de Moorea qui apparaissent comme des ombres chinoises devant un brasier, le soir lors des couchers de soleil.

Il fallut presque dix ans à Maïre avant qu'elle fusse satisfaite d'avoir tout ce qui est indispensable aux besoins d'une "grande dame". Elle planta elle même un magnifique jardin en cherchant les pousses de plantes rares chez le vieux Harrisson-Smith, dans sa propriété de Papeari. L'acquisition du trousseau, par contre, fut le plus difficile et le plus long. Car le cristal de roche, la porcelaine de Limoges, l'argenterie Christofle étaient alors soit introuvable à Papeete, soit hors de prix.

Pour contourner ce dilemme, elle renoua une amitié avec une ancienne copine du lycée Pomare, laquelle était entre-temps devenue hôtesse de l'air pour la compagnie UTA. Elle réussit à persuader cette amie de lui rapporter lors de chaque voyage, et des années durant, soit quelques verres en cristal, soit quelques faïences, soit quelques couverts d'argent. Objets achetés suivant les directives précise de Maïre à Londres, à Paris ou à Los Angeles. Il faut réellement rester en admiration devant la patience et l'amour que Maïre investit pour créer ainsi un petit monde chic et raffiné sur une île du bout du monde.

Petit à petit, la maison de Punaauia devint un temple de la civilisation et du raffinement occidental, et cela dans une société qui était alors encore très isolée, voire rurale.

Lors de l'un de mes passages à Papeete, en 197.., j'eus l'honneur de recevoir une invitation à dîner de Jean-Marc et Maïre. Quelqu'un avait certainement dut exagérer mes titres ou mes capacités intellectuelles pour que l'on me considère digne d'une telle invitation. En effet, Jean-Marc se déplaça lui-même pour venir me chercher à l'hôtel. J'étais fort flatté de cet honneur car la réputation de la qualité de leur table, de leur accueil avait fran-

chi les océans et déjà à Suva, aux îles Fidji, un diplo-
mate m'avait fait l'éloge de la qualité de l'hospitalité de
Jean-Marc et Maïre.

La maison était encore plus belle que je n'aurais cru
possible. J'ai toujours été amoureux de ce style colonial
et tropical, appelé *"victorian"* en Angleterre,
"Gingerbread" (pain d'épice) aux USA, et "Pomaré"
ou *"fare vanira"* (maison vanille) en Polynésie. Ces
grandes maisons peintes tout en blanc, ne possèdent pas
de fenêtres mais que des portes qui sont laissées ouvertes et ornées des rideaux multicolores en coton imprimé,
permettant ainsi à l'air frais au sol de pénétrer à
l'intérieur et d'y apporter constamment une fraîcheur
naturelle tellement plus agréable que la climatisation.
Elles sont presque toujours totalement entourées de
vérandas couvertes avec des contreventements sculptées
en formes de gargouilles aux angles des poteaux.
    Après avoir vécu la fraîcheur agréable et naturelle de
ces maisons si bien adaptées au climat tropical, on peut
s'étonner de l'obstination actuelle à vouloir faire vivre
les gens dans des boîtes de béton climatisées.

Maïre nous attendait sur la terrasse. Elle était vraiment
une très, très belle femme. Digne mais pas hautaine, ses
longs cheveux noirs mis en valeur par le contraste d'une
longue robe blanche brodée, elle semblait être en symbiose parfaite avec la maison et le jardin magnifique qui
l'entourait. Le blanc de sa robe ne donnait que plus de
chaleur à sa peau couleur cuivre, ses yeux légèrement en
amande lui conféraient juste la bonne touche
d'exotisme. Tant de beauté, de grâce, de raffinement
dans un cadre si féerique réveillait en moi des rêves
d'enfance profonds, romantiques et impossibles et
Maïre m'apparaissait comme une Blanche-Neige tropicale. Mon admiration devait se lire sur mon visage, car
Jean-Marc rayonnait de fierté. Il nous présenta. Elle me
tutoya de suite, ce qui me plut beaucoup car cela

démontrait et un respect pour les coutumes de Tahiti et me fit sentir de suite accepté, comme un intime, par cette belle Eve des antipodes. Je la complimentais sur sa demeure, ce qu'elle accepta avec modestie puis se retira pour nous laisser seuls entre hommes.

Une jeune Tahitienne drapée d'un *pare'u* (pagne polynésien en coton) nous servit nos apéritifs sur la terrasse. Tout était simplement parfait. Le coucher de soleil derrière l'île de Moorea, face à la terrasse, commençait son spectacle, les pitons majestueux de l'île avaient des petits nuages accrochés à leurs sommets ce qui les faisait paraître être des volcans crachant de la fumée. Le ballet des rouges du coucher de soleil embrasaient l'horizon tel une forge céleste. Les gin-tonics étaient de qualité et la conversation intéressante. Jean-Marc se révéla être un expert en histoire du Pacifique et une source intarissable d'anecdotes sur les péripéties de la vie des îles.

Le temps passa trop vite et bientôt ce fut l'heure de passer à table. Et quelle table ! Digne de l'Elysée ou de Buckingham Palace. Les nappes étaient brodées dans le lin le plus fin. Les verres à pieds avaient ce léger reflet bleuté qui trahit le vrai cristal. Les carafes sur la table révélaient les couleurs veloutées d'un excellent vin, certainement choisi avec soin. Face à chaque place se trouvait un vase contenant un anthurium, une décoration florale qui se voyait complétée par un grand arrangement d'oiseaux-du-paradis à l'extrémité de la table. Le mobilier était en acajou dans le style Louis-Philippe, avec les sièges couverts de soie brochée. Des tableaux et des daguerrotypes d'ancêtres familiaux, encadrés de dorures, ornaient les murs blancs. Un brasseur d'air aux pales de bois tournait lentement pour faire circuler l'air frais de la pièce. Le long des portes, les rideaux en coton aux ramages tahitiens flottaient au rythme de la brise. C'est avec étonnement que je m'aperçu que leur mariage avec le mobilier de style classique européen était une vraie réussite.

Tout ceci était tellement étonnant, ravissant et raffiné que j'en restais bouche bée. Nulle part au monde, lors de mes nombreux voyages, n'ai-je jamais trouvé autant de goût dans un cadre si idyllique. Un rêve réel. Enfin, j'avais retrouvé l'essence même du mirage qui attire tant d'Occidentaux vers les îles du Pacifique tropical. Je me sentais jaloux de Jean-Marc, de sa réussite, de la réussite du choix de sa compagne, de sa vie si idyllique.

Nous prîmes nos places à table. En face de moi, une Polynésienne âgée au visage fier et ridé, les cheveux blancs tressés en une longue natte dans le dos me fit un bonjour en hochant la tête. Jean-Marc me la présenta comme la maman de Maïre et m'expliqua qu'elle ne parlait que le tahitien et le dialecte australe de Rurutu. A L'extrémité de la table, à la gauche de cette dame, étaient assis deux enfants de 10 ans environ, un garçon et une fille. Ils furent présentés comme les jumeaux, les enfants de Maïre et Jean Marc. Ils me gratifièrent aussi d'un grand sourire et d'une certaine timidité.

La jeune fille tahitienne vêtue du *pare'u* apporta les hors d'oeuvre, un cocktail de chevrettes. Jean-Marc servit le vin et la conversation reprit. Je complimentais (encore) mon hôtesse pour la qualité de son hospitalité, puis la conversation se porta sur les problèmes liées à l'isolement de Tahiti vis-à-vis du reste du Pacifique. Jean-Marc expliqua que cet isolement était dû à une nouvelle épidémie qui proliférait à Tahiti de puis le début des années 60 : le *"bacterium neuroticum anglophobia"*.

Nous étions tous en train de rire de cette plaisanterie lorsqu'une jeune femme fit son entrée dans le salon par la terrasse. Tout aussi belle et élégante que Maïre, elle me fut présentée comme Tiare, sa soeur cadette.

Elle nous gratifia tous d'un sourire rapide, puis se tint debout à côté de la table et parla bas avec Maïre. La serveuse apporta le plat suivant, un immense et magnifique poisson-perroquet du lagon cuit et couvert d'une mayonnaise assaisonnée. Tiare refusa l'invitation de se joindre à nous pour le dîner, puis commença à discuter avec Maïre. Elle lui demandait pourquoi elle avait tué son chien. Maïre, calme, lui répondit qu'il s'agissait d'un accident, que le pauvre toutou s'était couché sous sa voiture. Tiare n'était pas satisfaite de la réponse. Petit à petit, le ton monta entre les deux sœurs et le vocabulaire devint rapidement moins distingué.

Bientôt, une vraie scène se développa entre les jeunes femmes; elles criaient toutes deux maintenant, d'abord en français, puis en langue tahitienne. Je ne comprenais plus rien, ce qui était certainement mieux pour mes chastes oreilles.

Les deux femmes criaient de plus en plus fort et rapidement lorsque, soudain, je vis la mère et les enfants se baisser rapidement sous la table. Me demandant pourquoi, je tournais la tête vers les femmes en colère. Je vis Tiare, furieuse, s'avancer lentement vers la table, accrocher fermement la nappe avec les longs ongles de ses deux mains, reculer d'un pas et - tchac - la tirer d'un grand coup sec. Alors tout vola à travers la pièce. Le poisson, les carafes en cristal taillé, la porcelaine de Sèvres, les fleurs et leurs vases, le riz pilaf, les verres superbes. Tout ! Etrangement, l'argenterie semblait voler plus vite que le reste. Et tout alla s'écraser contre le mur à ma gauche dans un immense fracas, créant un sinistre mélange de lin, de cristal, de vin, d'argenterie, de mayonnaise et d'autre nourriture.

En une seconde la magnifique pièce, symbole du raffinement suprême sous les tropiques, était devenue une zone de combat.

Le vin, tel du sang, dégoulinait maintenant d'un des tableaux des ancêtres. Les magnifiques fleurs baignaient dans une marre de vin rouge sous une chaise renversée. Un morceau du magnifique poisson, collé au mur par la mayonnaise épicée, glissait lentement vers le sol, laissant une traînée jaune sur le mur blanc.

La sœur disparut en lançant un dernier cri de guerrier maori, faisant trembler la maison avec ses pas de course sur le balcon.

Lentement, la vielle dame et les enfants, impassibles comme s'ils étaient tout à fait rodés à ce genre de cataclysme, réapparurent de dessous de la table. Jean-Marc et moi étions restés immobiles, couverts de sauce, de vin et de riz, tout abasourdis par le désastre qui venait de se dérouler devant nos yeux.

C'est alors que Maïre se leva, rejeta ses longs cheveux en arrière avec un mouvement de la tête — ce qui fit voler encore un peu de riz pilaf vers moi —, me fit un grand sourire et dît, tout en essayant de nettoyer avec une serviette sa robe devenue multicolore :

-« Tu vois, nous les Tahitiennes, on a du caractère ! Viens, allons boire le café sur la terrasse ! »

Voilà ce que s'appelle avoir de la Vraie Classe.

LA MALLE DE L'ESPOIR

Note historique:

Après l'attaque japonaise sur Pearl Harbor à Hawaii en 1941, les forces armées américaines installèrent une dizaine de bases sur des îles et atolls isolés du Pacifique-Sud afin d'assurer, tels des porte-avions, l'acheminement d'avions, de personnels et d'armes vers les zones de combat de la Mer de Corail, des îles Guadalcanal, Salomon et de la Papouasie-Nouvelle Guinée. Bora Bora, à l'ouest de la Polynésie française, devint ainsi une base américaine de 1942 à 1946. La piste d'atterrissage construite sur un motu (îlot de corail) du lagon fut la première et unique piste d'aviation de cette région jusqu'à l'ouverture de l'aéroport de Tahiti-Faa'a en 1961.

C'ETAIT l'un de ces matins des tropiques qui restent gravés à jamais dans votre mémoire. Un matin d'hiver austral de Polynésie. Le ciel était d'un bleu azur profond et intense, comme si on l'avait photographié avec un filtre polarisant. Le soleil venait de se lever et éclairait toute l'île d'une lumière chaude et jaune. A droite, le lagon de Bora Bora s'étalait tel un miroir. A gauche, la gigantesque montagne Otemanu , laquelle sort droit de la mer jusqu'à plus de mille mètres d'altitude, paraissait une forteresse imprenable et éternelle. Pas un brin de vent ne froissait la surface du lagon, et l'on pouvait voir les patates de corail, même les plus profondes.

Je laissais rouler la Mehari lentement afin de pouvoir apprécier le spectacle et une fraîcheur qui est bien trop rare sous les tropiques. J'avais décidé d'aller rendre visite à Tihoni à la pointe Matira pour voir s'il n'avait pas quelques langoustes à vendre. C'était l'époque de la nouvelle lune, la mer était calme et il n'y avait qu'une petite houle du sud. Tout cela étaient des indices irréfutables qui indiquaient que Tihoni avait dû aller pêcher quelques unes de ces bestioles que je classe comme étant l'un des meilleurs mets que l'on puisse apprécier, surtout si elles sont grillées puis arrosées d'une sauce au beurre. Ainsi ma gourmandise (et celle de mes clients) était la raison de mon réveil synchronisé avec celui des poules. En effet, si je me présentais chez l'ami pêcheur à une heure prétendue plus civilisée, les cuisiniers des grands hôtels de luxe de l'île auraient déjà raflé tout le butin de *"l'homme qui marche la nuit sur le récif avec une lampe à pétrole"*.

Alors que ma voiture à la carosserie en plastique longeait la cocoteraie, je vis une femme qui me faisait des signes énergiques de la main. Je m'arrêtais à sa hauteur.

C'était Madame Dorita, la femme de Jacqui. Dans nos îles, on ne connais les gens que d'après leur prénoms ou surnoms, les noms de famille étant généralement trop compliqués pour les apprendre, si ce n'est pour les prononcer.

- « Arrête-toi au retour, je prépare le café ! »

Je continuais ma route. Madame Dorita savait très bien où j'allais et comprenait qu'un retard pourrait signifier que je rate les objets de mon voyage matinal. L'offre d'un café voulait dire qu'elle avait besoin d'un service.

Une demi-heure plus tard, six grosses langoustes d'un kilo et demi chacune gesticulaient dans le seau plein d'eau de mer attaché sur le plateau arrière de la Mehari, leurs antennes dépassant largement et bougeant dans tous les sens. J'arrêtai la voiture dans la cour de Mme Dorita. Elle était assise dans sa cuisine, à une table. Une tasse de café fumant ainsi que quelques tartines de pain beurré m'attendaient sur la nappe en toile cirée. Je lui fis la bise et pris place sur le banc face à elle.

- « Merci d'être venu. C'est ma machine à laver... Oui, je sais, c'est un objet de luxe et une vahine devrait pouvoir laver à la main... mais, vois-tu, je loue des bungalows aux touristes de passage, et il y a des jours où je dois laver au moins une dizaine de draps... alors la main, tu sais, elle fatigue vite. C'est là que j'ai pensé à toi, tu vois. Il paraît que tu as même réparé la télé du vieux Maco la semaine dernière...»

Je la regardais en souriant et en mâchant ma tartine. Nul était besoin de répondre. Bien sûr que j'allais lui regarder sa machine, car à l'époque il n'y avait pas de mécanicien dans l'île. Et puis bien que ce ne fut pas mon métier, la rumeur avait, voici bien longtemps, fait le tour de l'île que le patron du Yacht Club avait un don pour la mécanique. Je ne m'en plaignais pas. S'entraider fait partie de la vie sur une île; rendre quelqu'un heureux est encore un des plus grands bonheurs dans ce bas monde. Et en plus cela me permettait de bien connaître cette population si gentille, si spontanée. Je n'ai regretté qu'une seule fois mon geste fraternel : c'était le jour où le directeur du petit lycée de l'île me demanda de lui dépanner sa photocopieuse (juste un engrenage s'était dévissé). Par la suite, pour le corps enseignant (de métropole), je n'étais plus que "monsieur le mécanicien". J'étais classé. J'étais devenu un "prolo" de la classe manuelle et laborieuse et tout le triste tralala que cette condition implique! Bref, un col bleu quoi, à ne surtout plus fréquenter ! Tant mieux pour moi...

Mais revenons à la machine à laver de Mme Dorita. C'était la courroie qui avait sauté de la poulie car elle était usée. Je la remis en place, la tendit et lui donnai les instructions pour qu'elle puisse en commander au moins deux à Tahiti. La réparation devrait tenir jusqu'à l'arrivée des pièces.

C'est en revissant la plaque du dos de la machine que je vis une malle en bois vernis à ma droite, une grande malle en acajou bien chanfreinée, avec des protège-angles en laiton et des poignées de corde, une caisse d'une qualité rare de nos jours. Je me redressais, intrigué, en regardant la malle. C'est alors que vis l'inscription sur le couvercle, un sigle et des lettres qui avaient été brûlés dans le bois au fer rouge : une ancre de la Marine américaine avec en dessous écrit "Sgt. Mike Shay U.S.M.C.".

Je regardais, fasciné. Cette caisse semblait toute neuve, comme juste sortie d'une ébénisterie, le vernis paraissait impeccable et même l'accastillage en laiton brillait. Or l'inscription et le matériau me firent comprendre qu'elle datait en réalité de la seconde guerre mondiale, que je me trouvais face à une relique de la garnison américaine qui avait établi une base militaire à Bora Bora de 1942 à 1946. Je questionnais Mme Dorita:

- « Mon Dieu ! Quelle caisse ! A qui est-ce ?»
- « A mon *"tane"*. (homme, mari) »
- « Je peux regarder dedans ? »

Mme Dorita paraissait embarrassée. Mais elle se dirigea vers une étagère, pris une clé dans un bocal, et s'agenouilla pour ouvrir la malle. L'intérieur était encore plus étonnant que l'aspect immaculé de la malle. Impeccablement rangé, tout l'outillage dernier cri électrique et manuel d'un ébéniste-charpentier de 1940 reluisait du même aspect neuf que la malle. Une grosse perceuse, une scie électrique, une raboteuse, tout en 110 volts avec des anciens cordons électriques du genre recouvert de tissu ; des scies égoïnes de différentes tailles, un jeu complet de ciseaux à bois, des chignoles et d'autres antiquités étaient minutieusement alignées dans la caisse. Et tout brillait comme du neuf.

Nous étions dans une remise où toutes sortes d'équipements étaient entreposés. Aucun de ces objets, des vieilles bicyclettes, de l'outillage, une tondeuse à gazon et d'autres bricoles qui n'avaient que quelques années d'âge, n'apparaissait faire l'objet du moindre entretien régulier et généralement tous montraient des traces de rouille sévères dues à l'environnement marin. C'est pour cela que le spectacle offert par cette malle était si étonnant. Pourquoi Jacqui bichonnait-il tant ces outils, et surtout, pourquoi ne s'en servait-il pas? Jacqui, un homme toujours souriant, semblait pourtant être l'un de ces Polynésiens sans souci, sans complication et sans excès. Il était le chauffeur du camion des travaux publics, un bon poste. Il passait peut-être une fois par semaine au Yacht Club boire une bière, ce qui fait que je le connaissait assez bien. Il était comme la majorité des gens au monde, c'est à dire un homme bon, honnête qui essayait tout simplement de profiter de sa vie sur terre avec un minimum de complication et d'effort. Je le voyais mal astiquer régulièrement pendant 40 ans des vieux outils entreposés dans une malle. Et surtout ne pas les utiliser.

Après m'être lavé les mains, je retournais avec Mme Dorita à la cuisine pour finir de boire le café. Cette malle m'intriguait vraiment et je ne pus me retenir de la questionner.

- « Mais pourquoi Jacqui n'utilise-t-il pas ces outils? Ils sont impeccables et d'excellente qualité.»

- « Tu m'as mal compris. C'est pas à Jacqui, cette malle, c'est à mon *"tane"*. Je la garde pour lui ! »

- « Attends! là, je ne comprends plus. Jacqui est bien ton mari et tu as bien quatre enfants, non ? »

- « Oui... mais seulement trois des enfants sont de lui. Ma fille aînée, Purutu, celle qui est mariée au diacre de Faanui, est de mon premier *"tane"*, Mike. C'est un militaire américain qui était stationné ici pendant la guerre. C'est lui qui m'a confié la caisse pour que je la garde pour lui lorsqu'il reviendra. Je lui ai promis.»

- « Attend ! Tu veux dire que tu as un *"tane"* américain qui va revenir, et que la malle est à lui. Mais je te connais marié à Jacqui. Excuse moi, je ne veux pas être trop curieux, mais je ne comprends toujours pas bien...»

Mme Dorita resta muette un instant, comme gênée. Pour la première fois depuis les longues années que j'étais sur l'île, je me permis de bien l'observer. Elle devait avoir une cinquantaine d'années mais sa longue chevelure et son corps encore assez mince la faisait paraître un peu plus jeune. Des plis sur les mains et le visage commençaient à trahir une vie de dur labeur, de soucis quotidiens et de climat tropical, mais les traits encore harmonieux de son visage dévoilaient qu'elle avait dû être jadis d'une très grande beauté. Or, au contraire de beaucoup de jolies femmes, surtout celles qui le savent, Mme Dorita était restée modeste, presque timide même. C'est pourquoi mon intérêt n'avait jamais été éveillé pour cette femme que je voyais plusieurs fois par semaine. Jusqu'à aujourd'hui, elle avait, pour moi, toujours fait partie du paysage de l'île, tout comme le lagon ou la montagne. Alors que je me sentais coupable de ne pas m'être intéressé à cette personne de qualité plus tôt, elle commença à me raconter son histoire:

- « Comme tu le sais, les Américains ont eu une base à Bora Bora pendant plus de quatre ans. Pour nous, c'était fantastique.

« Un matin, des immenses navires sont arrivés dans le lagon. Ils ont déchargé des camions, des voitures, des maisons, des canons, des tuyaux, des bulldozers, des machines qui faisaient de l'électricité, toutes des choses que nous n'avions jamais vu auparavant. Et les hommes qui s'occupaient de tout cela étaient presque tous jeunes, beaux et parlaient la langue des premiers missionnaires. Toute la population était ébahie par le spectacle. L'île était comme en fête.

« Il y eut une réunion de la population avec les militaires et notre maître d'école d'alors. La population accepta de prêter toutes les terres dont avaient besoin les Américains, et en échange ceux-ci promettaient qu'ils laisseraient aux propriétaires les bâtiments et le matériel qui y seraient installés lorsque la guerre serait terminée et qu'ils repartiraient.

« Presque immédiatement, tous les hommes de l'île travaillèrent pour l'armée américaine. Au fil des ans, les Américains construisirent les quais, la route de ceinture de l'île, l'aéroport sur le motu, ils installèrent des tuyaux d'eau partout, l'électricité ainsi que des immenses réservoirs dans la baie de Faanui.

« L'île était devenue une vraie petite ville avec ses 3000 soldats, coupée du reste de la Polynésie, et nous ne manquions de rien, bien au contraire. Bien que cela fut interdit, beaucoup de familles adoptèrent certains des soldats. J'étais bien jeune lors de l'arrivée des troupes, mais je me rappelle toujours les soldats qui me sifflaient lorsque je me promenais avec mes soeurs ou mes amies. Ce n'est que dans la dernière année de la présence de la base, je venais d'avoir 16 ans, que je devins la vahine de Mike. Imagine-toi, c'était un beau jeune homme, les cheveux blonds presque roux, et il avait beaucoup de soldats, des, qui travaillaient pour lui, qui réparaient tous les bâtiments de l'armée. Et surtout, il avait une jeep et semblait pouvoir obtenir toutes les choses, tous les matériaux qu'il voulait. Il était gentil, doux, toujours près de moi lorsqu'il le pouvait, et il s'occupait bien de ma famille. Nous étions tous heureux.

« Puis, un jour, tout le monde était pensif, triste dans l'île. Il paraît que les Américains venaient de lancer une bombe terrible sur le Japon, que des milliers et des milliers de gens avaient été tués, et que la guerre allait finir. En effet, deux semaines plus tard, il y eut une grande fête. La guerre était finie, les Américains avaient gagné. Mais dans le village, tout le monde était triste, car nous savions bien que nos hommes allaient partir. Quatre mois plus tard, j'étais alors enceinte de 6 mois, Mike vint m'annoncer qu'il devait quitter Bora Bora deux jours plus tard par le bateau qui était au quai. Nous avons beaucoup pleuré, mais il m'a promis de revenir me chercher, moi et le bébé, et il m'a confié sa caisse pour que je la garde pour lui. Elle nous servirait pour construire notre maison à son retour. Il m'a montré comment huiler les outils, comment envelopper les machines dans les papiers vernis, comment cirer le bois de la caisse, il m'a expliqué que je devais faire ça toutes les semaines, car autrement l'air de la mer allait tout abîmer. Alors, depuis ce temps là, je fais cela tous les dimanches, en revenant du temple...

«...Une fois, j'ai même presque perdu la caisse. Ma fille venait de naître et les derniers soldats américains étaient en train de quitter l'île. C'est là que des soldats de Tahiti sont arrivés. Des miliciens qui s'appelaient la Légion Valmy, je crois. Nous on les appelait les "bleus", à cause de la couleur de leurs uniformes. Ils ont visité toutes les maisons une par une et ont confisqué tout ce que les Américains avaient laissé aux familles. Mon père est arrivé à la maison en courant de Vaitape et m'a prévenue. Ma mère a pris le bébé et moi et mon grand frère nous nous sommes enfuis en courant avec la caisse dans la montagne. Nous l'avons portée jusqu'au pied de la falaise et nous l'avons cachée dans l'une des grottes où il y a les crânes et les ossements de nos ancêtres. Heureusement, car lorsque les soldats de Tahiti sont passés à la maison, ils ont tout emporté ce dont Mike et d'autres nous avaient fait cadeau. Même les fourchettes et les cuillers.

Ensuite un officier est passé pour confisquer tous les dollars de la population, puis les soldats ont démonté le *"Quonset hut"*, tu sais, le genre de bâtiment militaire rond, qui se trouvait à côté de la maison. Nous étions tous vraiment tristes, même fâchés, car on nous avait pourtant promis à tous qu'on pourrait garder les choses des Américains en échange de l'utilisation de nos terrains. Le pasteur, il nous a expliqué par la suite que peut-être les gens de Papeete faisaient ça pour se venger, car nous avions de tout pendant la guerre, alors qu'à Papeete peu de bateaux arrivaient et beaucoup de monde se disputaient la nourriture et les moindres choses. Le pillage de Bora Bora a bien duré un an, et ils ont même démonté tous les systèmes d'eau et d'électricité de l'île en commençant par le téléphone.

« Voilà, maintenant tu sais pourquoi beaucoup des vieux de l'île n'aiment pas les gens de Papeete. J'ai laissé la caisse pendant au moins deux ans dans la grotte enveloppée dans des sacs de coprah, mais j'y allais toutes les semaines pour faire le graissage des outils, discrètement, car les miliciens savaient que nous avions caché des choses et ils continuaient de fouiller partout. Mais comme le lieu des grottes est "tapu", ils n'ont jamais osé aller chercher là-haut. C'est comme ça que j'ai réussi à garder la malle de Mike.»

Quelle histoire ! Je pouvais m'imaginer le spectacle, surtout la déception de la population de l'île face à des autorités qui ne respectait pas l'accord. J'avais entendu auparavant quelques échos de cette époque, mais le fait que les gens parlent rarement de ces tristes moments prouve à quel point ils ont dû se sentir tristes et sans défense. Nous restâmes silencieux un moment, puis je rompis la pause :

- « Et Mike? Il est revenu? T'as-t-il écrit ? »

- « Pas encore. Mais il va bientôt revenir, il me l'a promis, tu sais... et c'est un homme bien, Mike, un homme droit. Il a dû aller à une autre guerre, et il n'a pas encore eu le temps. Mais j'attends, il va revenir... je le sais.»

- « Et Jacqui dans tout ça ? Il doit connaître la caisse, et tout ce que cela représente, non ? »

- « Bien sûr. Jacqui a toujours été amoureux de moi. Il connaissait aussi Mike, et après son départ, il m'a fait la cour. Je l'ai refusé, car je m'étais promis à Mike. C'est lors de mon vingt-deuxième anniversaire qu'il est venu me parler. sérieusement. Il m'a expliqué que je gaspillais ma jeunesse. Que je devrais vivre avec lui jusqu'à ce que Mike revienne, et qu'il promettait de me rendre ma liberté dès le retour de l'Américain. J'ai réfléchi. Mes parents se faisaient vieux, ma fille avait besoin d'un père. Et moi d'un homme aussi. J'ai donc accepté. Après la naissance du troisième enfant, nous nous sommes mariés pour mettre tout cela en règle. Jacqui est un homme merveilleux. Il a été un très bon père pour Purutu. Et puis c'est comme ça depuis... Mike va certainement venir bientôt, et Jacqui aussi le sait très bien.»

Huit mois plus tard, je faisait escale à Los Angeles lors d'un retour de Paris. J'avais terminé mes achats, visité mes amis et je me trouvais avec quelques jours de libre devant moi. Le récit de Mme Dorita m'était constamment resté à l'esprit. Les belles histoires d'amour sont trop rares de nos jours pour être banales, et celle-ci valait bien une tragédie grecque. Je pris donc un rendez-vous avec la *"Veteran's Administration"*, l'équivalent américain des Anciens Combattants.

C'est une jeune femme aux cheveux marrons hyper-laqués qui me reçut. Je lui expliquai que je recherchais l'adresse ou le destin d'un certain Michael Shay, caporal des U.S. Marines en 1945 à la base de Bora Bora. Elle me demanda la raison de mon investigation, citant les droits de vie privée comme ils étaient inscrits dans l'un des amendements de la Constitution. Je lui racontai donc l'histoire de Mme Dorita, avec tous les détails émouvants à tel point que la jeune femme en pleura presque et commença à rompre le parfait équilibre de son imposante chevelure. Après présentation de mes papiers qui prouvaient ma résidence sur l'île perdue au milieu du Pacifique, elle accepta de tapoter sur son ordinateur. En moins de vingt minutes — le monde de "Big Brother" est bien efficace — elle produisit un papier imprimé.

Elle me le remit en me faisant promettre de l'appeler afin qu'elle puisse connaître la suite de cette étonnante histoire d'amour. En donnant un dernier coup d'oeil à la feuille imprimée, elle me dit en guise d'adieu:

- « N'allez pas briser un mariage, quand même ! »

Les informations étaient très complètes. Michael Shay avait été démobilisé des Marines en 1946 après six mois de service avec les forces d'occupation à Nagoya, au Japon. Il n'avait pas été blessé pendant son service. Après sa démobilisation, il avait utilisé l'emprunt offert aux anciens combattants pour faire trois années d'études d'ingénieur à l'université de Californie à San Diego (UCSD). En 1951, il avait épousé une certaine Suzanne North à Albuquerque, Etat du Nouveau-Mexique. Deux enfants étaient nés de cette union en 1951 et 1954. Il habitait depuis cette époque à Rio Minas, une petite ville située à une soixantaine de kilomètres au nord de Santa Fe. Même le numéro de téléphone de Mike figurait en bas de la page.

Je l'appelais le soir même, me présentant comme un historien qui faisait des recherches sur la guerre du Pacifique. Il accepta de me recevoir et me donna les coordonnées de son bureau.

Un avion pour Santa Fe, une voiture de location et je me trouvais le lendemain vers 11 heures du matin sur la rue principale de Rio Minas, Etat du Nouveau-Mexique. Une ville de quelques 5000 âmes, cuite par le soleil du désert, avec une rue principale d'un kilomètre environ, bordée de commerces datant surtout des années 40 et 50, une voie de chemin de fer avec sa petite gare et les montagnes des Rocheuses comme coulisses. Les collines et vallées de cette région étaient tellement désertiques qu'il semblait que Dieu ait oublié les arbres lors de la genèse. Chaque commerce le long de la route avait des poteaux pour attacher les chevaux, mais c'était dorénavant le "*pick-up*", la grosse camionnette américaine, qui était la norme avec les cow-boys bottés. Bien la moitié de ces commerces étaient des restaurants ou des bars. L'on sentait tout de suite que l'on était arrivé dans le "*deep south*", le Sud américain avec tout ce que cela implique.

Les populations indiennes, mexicaines et quelques noirs habitaient au Nord de la voie ferrée, les "*anglos*", c'est à dire les blancs, de l'autre côté, comme pour toute petite ville du sud américain qui se respecte. Washington et ses lois sur l'intégration et sur les droits civiques étaient bien loin, et ici le mot "libéral" était considéré comme un gros mot. Un étranger était, bien sûr, toujours suspect et porteur de mauvais augures, et vu la tronche des oisifs bottés et coiffés de chapeaux "Stetson" qui se prélassaient, assis à l'ombre sur les petites terrasses devant certains commerces et qui me suivaient du regard, l'on peut affirmer que cette tradition du Sud-Ouest américain était restée intacte.

"Shay & Son Construction" était un bâtiment en bois d'un étage, identique à ceux qui l'entouraient, à la sortie de la ville. Deux gros climatiseurs étaient accrochés aux fenêtres et bourdonnaient tels des insectes préhistoriques. Quatre camionnettes et une "Lincoln Continental" étaient garées devant la porte. Un crâne de boeuf avec deux immenses cornes ornait le dessus de la porte. Vue de l'extérieur, l'affaire semblait avoir connu des temps plus prospères. La ville vivait d'élevage et surtout des mines d'uranium des alentours, ainsi la cadence des constructions était étroitement liée à la santé économique des industries du minerai de l'atome. Les campagnes anti centrales nucléaires des années 70 semblaient avoir laissé leurs traces sur la région, une raison supplémentaire pour qu'un *hippy* barbu et chevelu ne reçoive pas un accueil chaleureux dans ce pays de machos à la carabine.

A l'intérieur de la "Shay & Son Construction", on entrait par le bureau des secrétaires avec à droite une dame souriante d'un certain âge, certainement la comptable, et à gauche une blonde super-platinée, artificiellement bien-sûr, d'une trentaine d'années. Elle avait un corps en forme de poire tel que j'en avais rarement vu : son torse était tout petit, et ses hanches énormes. Au fond de la pièce, une sorte de grande cage vitrée. Le bureau du patron.

C'est là que je me trouvais enfin face à Mike, l'homme que Mme Dorita attendait depuis plus de 40 ans. Il était assez gros, plutôt costaud, jovial et presque chauve, n'arborant que des touffes de cheveux gris sur les tempes. Il m'accueillit en parlant avec un profond accent du Sud, le *"Southern drawl"*, plus connu comme accent du Texas. Il portait les inévitables bottes de cow-boy et une corde retenue par un dollar en argent en guise de cravate sur une magnifique chemise mexicaine blanche. Il m'accueillit avec respect et gentillesse. Il était de toute évidence l'un des notables de la petite ville, l'un des piliers de la communauté.

Je sentais qu'il avait envie de parler, de raconter sa "guerre" à lui, comme tous les hommes de sa génération. Il avait préparé quelques documents après mon appel téléphonique de la veille, ses livrets militaires et quelques photographies, mais celles-ci ne montraient que des militaires en uniformes. Impressionné par la distance que j'avais couvert pour venir le voir, il m'invita au restaurant dans la ville voisine, où, m'expliqua-t-il, "l'on sert un steak digne de ce nom".

Il m'emmena dans la grosse Lincoln climatisée au restaurant, un "steakhouse" décoré à la *Western*. Alors que nous attaquions des morceaux de viande grillée aussi grands que certains couvercles de toilette, Mike me raconta ses aventures de guerre.

Je le laissais parler en faisant semblant de prendre des notes. Je le questionnais essentiellement sur son séjour à Bora Bora. Il était un observateur né, et c'est une foule de détails inconnus et parfois en contradiction directe avec ce qui se racontait sur la garnison à Bora Bora qui me furent dévoilés.

Il parla deux heures, deux heures de détails et d'anecdotes, mais jamais il ne mentionna Mme Dorita et la seule femme qu'il évoqua fut Madame Roosevelt, l'épouse du président, qui avait alors visité une fois la garnison de Bora Bora. Je trouvais Mike un homme intelligent, tout à fait en phase avec son environnement du *Southwest*, exagérant parfois un tout petit peu, mais cela ne faisait que partie du caractère local.

Lorsque nous eûmes terminé le dessert, des immenses crèmes glacées, j'osais ma petite question:

- « Et avec les *vahine* (femmes) de Bora Bora ? ça se passait comment ? »

Il me regarda longtemps dans les yeux. Je restai impassible. Il regarda autour de lui, puis se pencha vers moi et dit tout bas :

- « Ouais, j'attendais cette question. On me l'a beaucoup posée il y a trente ans, lorsque le film "South Pacific" est sorti. A vous je vais dire la vérité. Vous êtes bien le premier, je dois l'admettre, mais ceci doit rester un secret entre nous, entre gentlemen, bien entendu… Oui, bien sûr …j'avais une petite amie là-bas. Mais il faut comprendre que même pour nous, les blancs du Sud, il nous arrive parfois d'être attirés par les femmes de couleur. Surtout lorsqu'il n'y a rien d'autre sous la main… Vous me comprenez, non ? »

Il me fit un clin d'œil en riant…

…………………………

Je n'ai jamais parlé à qui que ce soit de cette entrevue. Et à ce que j'ai entendu, Mme Dorita continue toujours, le dimanche, après le service religieux, de soigneusement huiler les outils de Mike dans la malle en bois.

Post-scriptum : *Entre 1942 et 1946, environ 4.400 G.I. américains restèrent en garnison à Bora Bora à un moment ou un autre. Ils engendrèrent 132 enfants avec les filles de l'île. Un seul de ces soldats revint chercher sa vahine pour l'épouser car les autorités, américaines comme françaises, mirent en place une foule d'obstacles administratifs pour empêcher les retours des soldats à Bora Bora.*

« LES MARQUISES, CA SE MERITE »

Note historique:
En 1970, Jacques Brel, le célèbre chanteur belge, apprenant qu'il était atteint d'un cancer incurable, acheta un voilier et partit avec sa compagne Madli pour s'installer dans la solitude des îles Marquises. Il mourut en 1978, à l'âge de 49 ans, et fut inhumé dans le petit cimetière du village d'Atuona sur l'île de Hiva Oa, à quelques mètres de la tombe de Paul Gauguin.

N'EN AVEZ vous donc pas assez de jouer au touriste bête et docile qui suit éternellement les chemins tracés par d'obscurs agents de voyage, lesquels vous ont vanté les charmes et mérites d'endroits qu'ils ne connaissent sans doute pas ? Quel plaisir peut-on trouver à pourchasser la destination à la mode pour s'y retrouver face à face avec le voisin de palier, même au beau milieu de l'Afrique ?

Cherchez-vous le différent ? L'exotique réel ? Si votre réponse est oui, alors, une évasion différente, inconnue existe: la croisière des Marquises sur la goélette *"Aranui"*.

Une fois par mois, l'*Aranui* quitte Papeete pour faire l'aller-retour vers l'archipel des Marquises. Le navire est un cargo "mixte", c'est-à-dire qu'il transporte aussi bien des marchandises que des passagers, comme le faisaient presque tous les navires au long cours voici 40 ans et

87

plus. Cette croisière dure deux semaines et est sublime car le bateau s'arrête à l'aller comme au retour dans différents atolls isolés des Tuamotu, ainsi que dans toutes les îles Marquises. L'armateur chinois a eu l'intelligence d'offrir aux passagers des prestations de qualité tels une petite piscine, un service minimum et même la climatisation, tout un univers de luxe inconnu pour ces îles encore assez vierges et vraiment au bout du monde.

Quelques heures après avoir franchi la passe du port de Papeete, une convivialité unique s'installe entre les quelques cinquante passagers, les officiers, les hôtesses et les marins polynésiens du bord. L'ambiance est celle d'une époque révolue qui n'existe que sur les navires aux long passages, car on a le temps de s'intéresser à l'autre et sur l'*Aranui*, grâce à sa petite taille et aux escales isolées, la convivialité devient même intimité.

Presque une complicité s'installe vite entre les divers groupes qui peuplent le navire perdu entre le bleu du ciel et l'aquamarine du Pacifique tropical. Une sélection naturelle des passagers s'est faite avant même l'embarquement. En effet, une croisière vers les îles Marquises n'intéressera jamais les individus en mal de boîtes de nuit, d'ascension sociale, de lieux à la mode et de Disneyland bruyants. Ainsi, l'ensemble des passagers de la première classe est un pot-pourri international de grands voyageurs, de scientifiques, d'écrivains, de photographes professionnels ou de romantiques à la recherche de derniers lieux porteurs d'innocence, de nature vierge ou de solitude. Ajoutez à tout ce monde la belle Polynésienne accompagnée de ses enfants qui va rejoindre un mari periliculteur ou maître d'école sur une île perdue, le commerçant chinois qui part acheter du coprah, des perles et des nacres dans les atolls, un où deux fonctionnaires expatriés et vous aurez des acteurs dignes d'un roman de Jack London ou de Somerset

Maugham. Sans, bien sûr, oublier les quelques quarante passagers de pont, essentiellement des Marquisiens, des Paumotu et quelques "sac à dos" européens.

Comme le système de classes sociales n'est pas de tradition dans nos îles, ces personnes d'horizons si divers se côtoieront tout au long du voyage et grâce à cette concentration d'êtres hors du commun, les passagers se trouveront vite des intérêts communs. Les conversations sur le pont, dans la salle à manger ou au bar attesteront d'un niveau intellectuel supérieur à la médiocrité moyenne.

Voici quelques années, mon ami Marcel Isy Schwart, un célèbre photographe que les Tahitiens ont depuis longtemps baptisé "Zizi" et qui ne rate jamais une occasion pour revenir dans nos îles, eut la chance de découvrir cette croisière.

Tous les passagers embarqués correspondaient parfaitement aux critères décrits ci-dessus… sauf une dame européenne qui faisait bande à part. C'était une Française aux cheveux blonds pâles, petite et assez maigre. Malgré son obsession à la solitude, elle paraissait douce et plaisante et on lui soupçonnait quarante années. Mais ses yeux intriguaient surtout… par leur tristesse. Devinant un chagrin profond chez cette personne, les autres passagers se sentirent vite le devoir de l'encourager à participer aux moments de joie, aux jeux de société, aux découvertes des atolls, à ces "îles pleines d'eau". Mais la dame semblait préférer se réfugier dans une sorte de mélancolie solitaire, et au bout de deux jours, lorsque tous les multiples efforts pour l'intégrer au groupe échouèrent, les passagers respectèrent alors scrupuleusement son désir de solitude. Bien qu'en réalité, le secret de cette dame et son obstination ne faisaient qu'attiser l'intérêt de tous. Un passager avait quand même réussi à découvrir son nom : Christine. Rien d'autre n'avait transpiré.

Une semaine après le départ, lors de l'escale d'Atuona sur l'île de Hiva Oa, les premières pluies de la saison se manifestèrent. Marcel était fâché car il était surtout venu photographier et filmer les tombes de Paul Gauguin et de Jacques Brel, sises dans le cimetière de cette île. Face à l'ondée tropicale, le capitaine du navire invita tout ses passagers au petit bistrot du village afin d'y goûter les excellentes -et abondantes- langoustes locales pour leur remonter le moral en attendant que la pluie cesse. Tous acceptèrent avec joie et gaieté. Sauf Marcel, lequel tenait absolument à faire ses prises de vue avant midi afin d'avoir une bonne qualité de lumière. Fort d'un imperméable, il emprunta le chemin abrupt qui mène au petit cimetière perché au-dessus de la baie.

Là haut, sur la colline, alors qu'il préparait ses trépieds et son équipement, le ciel s'éclaircit subitement et la magnifique vue sur l'immense baie d'Atuona se dégagea dans toute son ampleur sous un soleil éclatant. Heureux et cadrant ses appareils sur la tombe de Paul Gauguin, Marcel aperçut un mouvement à sa droite. C'était Christine qui apparaissait à la porte du cimetière, un petit paquet à la main, pour vite disparaître de son champ de vision.

Une heure plus tard, ayant terminé la photographie de la sépulture de Gauguin sous tous ses angles, Marcel déplaça son équipement vers la tombe de Jacques Brel, le chanteur belge, qui n'est située qu'à une cinquantaine de mètres plus bas. Il aperçut Christine qui s'en éloignait justement à ce moment. Au pied de la stèle, une immense pierre en granit gravée du profil du chanteur, et on ne sait pourquoi, de sa compagne pourtant encore bien vivante, quelques fleurs d'hibiscus rouge sang venaient d'être posées entourant un petit cadre rose. Christine regarda furtivement Marcel et parut gênée. Il lui adressa la parole pour la mettre à l'aise :

- « C'est vous qui avez apporté le cadre ? »

- « Euh… Oui, oui…
- « Vous permettez que je regarde ? »
- « Bien sûr,… allez-y ! »

Il se pencha sur la pierre tombale et ramassa délicatement l'objet. C'était un cadre en plastique rose tout à fait banal, avec du strass argenté collé dessus, un modèle que l'on trouve un peu partout en France dans les magasins populaires, soit dans les foires, soit aux alentours des cimetières. A l'intérieur, l'image d'une fauvette avec un texte imprimé dessous en écriture à bouclettes :

Fauvette,
Si tu voles
Autour de cette tombe
Chante-lui
Ta plus belle chanson.

Après qu'il eut reposé le cadre avec délicatesse, il réalisa que Christine s'était enfuie.

Deux heures plus tard, il la retrouva dans le petit bistrot d'Atuona. Le soleil revenu, les autres passagers étaient à leur tour partis faire la longue excursion vers le cimetière. Marcel et Christine étaient maintenant seuls dans la petite salle du restaurant, chacun assis à une table couverte de toile cirée, attendant qu'on leur serve leur langouste grillée. Elle put lire les questions dans les yeux de Marcel, lequel n'arrêtait pas de regarder dans sa direction. Il lui offrit de partager la bouteille de Riesling qu'il venait de commander et, étonnamment, elle invita Marcel à s'asseoir face à elle.

Après quelques banalités échangées et d'autres hésitations, elle décida subitement de raconter son histoire :
- « Voyez-vous, je suis infirmière dans un grand hôpital de Nanterre, en banlieue parisienne… Pendant toute ma jeunesse, Jacquot — il s'agit de Jacques Brel, bien sûr — m'a bercé de ses chansons. Je suis issue d'une famille d'ouvrier de la plaine Saint-Denis, et la vie était bien dif-

ficile en ces temps là. Jacquot, avec ses chansons tristes était vite devenu mon héros. Je l'admets franchement, j'étais amoureuse de lui. Oh, oui, bien sûr, je savais bien que je n'étais pas la seule et que je n'avais aucune chance, mais ça m'était bien égal. Jacquot et ses chansons étaient mon réconfort, ma bouée de sauvetage, le refuge secret d'une jeunesse qui n'a vu que peu de moments de lumière. Comme vous le voyez, je ne suis pas bien belle, et la condition sociale de mes parents semble s'accrocher à mes talons comme une boue indélébile…

« Vous comprendrez donc que je me suis retirée dans ma coquille, il y a bien longtemps, tel un animal meurtri. Et au fond de cette coquille, j'ai mon Jacquot avec ses chansons.»

Elle fit une pause pour boire une gorgée de vin. L'observant bien, Marcel pensa que c'était une réelle pitié de voir l'étendue des ravages que la mentalité de complexes de classes, si répandu en Europe, peut faire dans la vie — et la tête — des gens. Christine était en réalité une femme fort belle et, bien que sa vie sans joie lui eut donné quelques rides sur le visage, elle semblait posséder tous les atouts nécessaires pour mener une existence heureuse et épanouie.

Elle posa délicatement son verre et reprit son récit :
- « Lorsque Jacquot est mort si tragiquement, j'ai ressenti tant de tristesse que je voulais mourir. Comme je n'avais pas le courage pour me jeter d'un pont ou de la Tour Eiffel, je me suis simplement arrêtée de manger, de fonctionner. Je marchais comme une somnambule. Je dépérissais lentement. Heureusement, je travaille dans un hôpital et, lors de mon premier évanouissement, ils se sont tout de suite rendus compte de ma condition. Ils m'ont alors soignée contre mon gré, car je voulais absolument quitter ce monde en douceur. Mais, dans les hôpitaux, ils savent être coriaces, et à force de médicaments et de psychanalystes, ils ont réussi à me refaire

fonctionner à peu près, au bout d'un an, il est vrai. Je vivais alors comme un automate. Jacquot était encore et toujours ma seule raison de vivre et je tenais à le rejoindre. Comme on ne me permettait pas de mourir, je tentais de me rapprocher de lui en me rendant régulièrement au cimetière de Nanterre. Pour aller prier. Je priais n'importe où dans ce cimetière, devant n'importe quelle tombe. La sépulture choisie n'avait pas d'importance. Jacquot était mort et le cimetière est la terre des morts. C'est tout.

« Puis, un matin de la Toussaint -mon Dieu qu'il faisait froid ce matin là- un forain avait installé sa charrette à la grille du cimetière pour essayer de vendre quelques objets funéraires. Vu le froid et le vent, j'étais bien la seule à être assez folle pour aller au cimetière ce matin là. J'eu pitié du forain et c'est pourquoi j'ai acheté le cadre que vous avez vu. Pour mon Jacquot.

« Mais alors, bien vite, je me suis retrouvée face à un vrai dilemme. Prier, on peut le faire n'importe où, surtout dans un cimetière. Mais déposer un objet, cela ne se fait pas sur la tombe d'un autre. Et puis ce froid, cette grisaille… Surtout cette tristesse… Je savais que ça ne pouvait pas avoir quelque chose à voir avec mon Jacquot. Je devais absolument aller sur sa vraie tombe, ici dans ces îles Marquises qu'il chantait si bien, pour lui apporter mon souvenir. J'étais pris à un piège. Venir ici était la seule solution, mon seul salut!

« Tout cela s'est passé voici sept ans. Or, depuis cet instant là, le voyage est devenu ma nouvelle obsession. Ce misérable cadre en plastique m'a certainement sauvée, car soudainement j'avais une raison de vivre, un but dans ma vie. J'ai donc économisé, je me suis privée de tout, je n'ai vécu que du strict minimum, parfois même d'eau et de pain sec. Sept ans de patience afin de pouvoir réunir l'argent nécessaire pour le long, long voyage aux Marquises. Sept ans pour parvenir à déposer ce cadre et

prier sur la vraie tombe de mon Jacquot…»
Un ange passa. Marcel se tut.
Christine leva les yeux et se mit soudain à sourire. Cela la rendait toute différente, très belle même :
- « Ouf! Voilà ! C'est fait. Maintenant, je dois commencer à vivre…»
Et elle en avait l'intention.

Comme soudain libérée, Christine paraissait subitement vivante. Elle se mit à dévorer la langouste avec un appétit qui me surprit. Elle vida la bouteille de Riesling de Marcel sans la moindre hésitation ni le moindre scrupule. Il en commanda vite une autre, tant il la comprenait bien…

Et à partir de cet instant, et pendant tout le reste du voyage, elle fut une compagne tout à fait joyeuse, spirituelle et ravissante avec tous les autres passagers.

Or l'amour fou de Christine pour Jacquot n'aura, en fin de compte, pas été un amour vain.
En effet, lors du voyage retour, l'*Aranui* fit son escale habituelle au quai de l'atoll de Takaroa afin de charger le coprah et livrer du matériel pour les fermes perlières. Bernard, le médecin itinérant de la circonscription des Tuamotu-Gambier, profita de cette occasion pour prendre un passage vers Papeete, question de se changer un peu de l'avion qu'il aurait dû attendre trois jours. Le soir, au cours du dîner, il fit la connaissance de Christine et s'intéressa bien plus à elle lorsqu'il apprit qu'elle était aussi membre de la profession médicale.

Quatre jours plus tard, à l'arrivée à Tahiti, une Christine toute neuve sautait de bonheur et exprimait son immense joie à tous les passagers : pour la première fois de sa vie, la chance lui avait fait un grand sourire. En effet, le pur hasard — mais était-ce vraiment un hasard ? — voulut que le poste d'infirmière de Hiva Oa devienne vacant deux semaines plus tard. Christine, suivant la suggestion du docteur, irait déposer sa candidature pour ce poste qu'elle était sûre d'obtenir, car les candidats ne se bousculent pas du tout pour les îles lointaines et isolées. Même que, grâce à "l'indice de correction", ce poste est rémunéré d'un salaire bien supérieur à celui qu'elle n'aurait jamais oser espérer percevoir en France.

———————————

Au quai de Papeete, alors que les marins manipulaient les grues pour décharger les cales des milliers de sacs de coprah, Marcel, bardé de ses Leica et de ses sacs photos, alla remercier Ako, le second de l'*Aranui*, lequel supervisait les opérations du haut de la passerelle, vêtu juste d'un short et d'un tee-shirt. Ako, un demi-chinois, faisait la ligne des Marquises depuis près de vingt ans et, en bon officier de bord, se tenait très au courant des affaires, même intimes, de ses passagers.

Appuyé sur la balustrade, roulant sa cigarette, il fit ses adieux à Marcel :
- « Vois-tu, Zizi, le premier jour que Christine était montée à bord, voyant sa mine, j'avais eu peur qu'elle ne se jette par dessus bord, une nuit en mer. C'est pourquoi je la surveillais de près… J'avais même fait dormir un matelot devant la porte des cabines de premières…
« Le Jacques Brel nous a quitté il y a bien longtemps. Mais ce coquin a quand même réussit à faire sortir cette femme du trou de sa banlieue…» Il rit. «…Et il l'a même gardée près de lui ! …
« Tu sais, Zizi, les Iles Marquises, ça se mérite. Jacques Brel les avait bien méritées. Tout le monde l'aimait bien, car il aimait tout le monde, aidait tout le monde, faisait même le facteur avec son avion…

« Je crois que Christine est de la même trempe… Ne t'en faits pas pour elle. Elle sera heureuse là-bas, j'en suis certain… Les gens seront gentils avec elle… Bon voyage. A la prochaine…» .

Il arracha soigneusement le bout de la cigarette qu'il venait de rouler, mit celle-ci dans sa bouche, l'alluma et se retourna vers la grande cale ouverte.

UN SUJET DE SA MAJESTE

DIEU, ou est-ce la nature, fait bien les choses. Le génie des créateurs est vraiment étonnant. Tu t'en rends bien compte si tu prends un peu de temps et de recul et que tu analyses l'universalité de l'homme.

Nous avons tous les mêmes organes, qui ont les mêmes fonctions, mais chaque être humain est différent en soi.

Et parfois même, le créateur nous joue des tours et nous propose des êtres exceptionnels. Des génies dotés d'intelligences inouïes. Des femmes d'une beauté incroyable.

D'autres peuvent être dotés d'un magnétisme, d'un pouvoir inexplicable, qui suscite immédiatement le respect des personnes qu'ils croisent.

Nous avons quelques individus dotés de ce magnétisme à Tahiti : l'un est un faux baron polonais, l'autre est un marginal anglais : Alastair.

Cet Alastair est né il y a une cinquantaine d'années à Liverpool, fils cadet d'une famille ouvrière qui travaillait dans les tissages. Peut-être est-ce la vision de toute cette misère qui entourait sa jeunesse, ou bien est-ce cette chute qu'il fit à l'âge de onze ans ; toujours est-il qu'il abandonna toute ambition avant même d'avoir commencé sa vie.

Le seul effort véritable qu'il ait jamais fait, était de maîtriser à la perfection cet accent des classes supérieures britanniques : la manière de parler d'Oxford.

Et cela, ajouté au magnétisme naturel, à une manière de marcher dignement et à une timidité qui paraissait être de l'arrogance, donnait l'impression d'un homme du monde très digne, fier, sûr de lui-même et habitué aux luxes de ce bas monde. Luxes auxquels il n'avait que très rarement goûté. Pour ne pas dire jamais.

Comment il a échoué sur nos lointains rivages, je ne le sais pas. Il existe pourtant une rumeur qui parle d'un capitaine furieux qui aurait débarqué un steward incapable. Mais il y a si lontemps de cela, plus de vingt ans. Et cela n'a pas d'importance.

Je rencontrais Alastair pour la première fois il y a quelques années : un monsieur très distingué arriva à mon petit hôtel de Bora Bora. Il était accompagné d'un Hindou, un homme de taille moyenne portant une barbe et de grosses lunettes. Le gentleman se renseigna sur la possibilité de louer un bungalow, s'exprimant avec l'accent d'Oxford le plus prononcé jamais entendu. Je fus très impressionné de recevoir un client si distingué dans mon petit hôtel non classé. Je m'empressais de désigner à l'Hindou le bungalow de Monsieur pour qu'il puisse y apporter les bagages. L'Hindou semblait bien un peu réticent, mais à mon insistance, il s'exécuta, et je pus poursuivre la conversation avec mon nouveau client de marque. C'était bien la première fois que j'avais un client avec serviteur. Si rare de nos jours. Une bouffée du "bon vieux temps".

Je les retrouvai le soir au dîner. Je demandai au gentleman de me joindre à leur table. L'indien me répondit que je pouvais. Les prochaines cinq minutes me firent réaliser la gravité de mon erreur :

L'Hindou était le directeur d'une des grandes banques de Papeete. Il avait embauché Alastair pour la durée du voyage comme guide. Car il avait eu pitié de la situation financière désespérée de l'Anglais. Peut-être était-ce aussi un geste en mémoire d'un empire disparu.

Les hasards de la vie firent que leurs chemins se croisèrent. Ramesh, l'Hindou, l'avait trouvé au fond d'une profonde vallée aux environs de Papeete : un pneu crevé sur un chemin boueux, non loin d'une pauvre maisonnette en contreplaqué. Un homme sortit de l'abri pour aider. Ils réalisent qu'ils sont tout deux anglophones. Alastair présentera sa femme et ses six enfants. Ramesh et Alastair boiront le thé assis sur le siège de voiture qui sert de canapé. Et chaque fois que Ramesh aura besoin d'un coup de main, il fera appel à Alastair.

Mais revenons à Bora Bora. Ainsi j'avais fait une gaffe monumentale en inversant les rôles. Je me confondis en excuses devant Ramesh. Heureusement, c'est un homme intelligent avec un grand sens de l'humour et sans complexes. Suite à cet incident, nous deviendrons amis et aujourd'hui encore, nous évoquons cette méprise en riant.

Après que j'eu apporté ma meilleure bouteille de vin pour me faire pardonner, après que nous l'eûmes bue, et après que j'en eu apporté encore deux autres, Alastair sortit de sa timidité et nous raconta la grande aventure de sa vie. Son moment de gloire :

Un jour, un superbe petit paquebot fait son entrée dans la rade de Papeete. C'est le *"Britannia"*, le yacht privé de Sa Majesté la reine Elisabeth, souveraine de ce qu'il reste de l'Empire Britannique.

Le navire rentre en Europe, via le canal de Panama, après avoir escorté la souveraine lors de sa visite en Australie et en Papouasie-Nouvelle Guinée. La reine avait quitté le bord à Honiara aux Salomons, et était rentrée à Londres en avion.

Le *Britannia* frappe ses amarres au quai d'honneur. Le capitaine exécute sa visite de courtoisie au gouverneur. L'invite avec Madame et ses hauts collaborateurs à dîner à bord, au nom du duc de Wallop, cousin de Sa Gracieuse Majesté, et élève-officier à bord. Mentionne également qu'il serait honoré d'inviter les sujets de Sa Majesté résidant à Tahiti.

Monsieur le gouverneur aurait-il l'amabilité de s'en charger ? Le gouverneur donne des ordres. La Sûreté à Tahiti n'a que deux citoyens britanniques sur sa liste : l'épouse d'un importateur de voitures et Alastair.

Le gouverneur dépêche son chauffeur personnel pour délivrer les superbes invitations manuscrites par le secrétaire du yacht royal. C'est avec quelques difficultés qu'il trouvera la misérable petite maison tout à fait à la fin du chemin de boue, mais étant Tahitien et sans préjugés, il n'en pense rien et remet le pli à Hina, la femme d'Alastair.

Alastair examine la carte avec attention et plaisir. Les armoieries royales en haut de la carte l'impressionnent. Il frotte le dessin en relief avec affection. Après toutes ces années, on ne l'avait pas oublié. L'invitation est pour Monsieur et Madame. Il appelle Hina. Lui explique l'invitation. Son importance.

Mais elle refuse d'y aller. Explique qu'elle est vieille maintenant, "que son soleil s'est déjà couché". Qu'elle a mis au monde six enfants. Qu'elle les a élevés. Qu'elle préfère se cacher.

Il décide d'y aller accompagné de sa fille aînée, Hortense, qui vient juste de fêter son dix-neuvième anniversaire. C'est une jeune fille superbe, et, comme toutes les filles de Tahiti, bien à l'aise dans sa peau. Elle a hérité des traits polynésiens de sa mère, ainsi que le rire et la féminité des filles des îles.

Alastair gratte les fonds de tiroirs et trouve juste assez d'argent pour acheter un *pare'u* neuf à Hortense et louer un taxi.

Alastair a sorti son beau costume blanc de la vieille malle en bois. Hina le lave soigneusement, puis le repasse avec le fer à charbon de bois.

Le grand soir venu, Hortense et Alastair marchent pieds nus les trois kilomètres jusqu'à la route pavée. Ils lavent la boue de leurs pieds à un robinet, puis font du stop jusqu'en ville. Là, ils prennent un taxi pour couvrir le dernier kilomètre.

L'immense yacht scintille dans la nuit de ses mille lumières. Le taxi glisse le long du quai d'honneur jusqu'à la passerelle éclairée par de puissants projecteurs.

Un officier en grande tenue se précipite pour ouvrir la portière. Hortense sort émerveillée, suivie de son père. Voyant cet homme si distingué et accompagné d'une ravissante femme, l'officier et les marins se mettent au garde-à-vous, et restent ainsi le temps qu'ils prennent pour monter lentement la passerelle.

A la coupée, l'officier jette un coup d'œil furtif à l'invitation :
- « Bien sûr, *Sir*, nous vous attendions. Tous les autres invités sont là », et il baise la main d'Hortense :
- « Madame, mes hommages. Suivez-moi, s'il vous plaît. »

Ils pénètrent dans le Salon royal, un immense carré aux murs en boiseries vernies sur lesquels sont accrochés des tableaux de monarques défunts.
Au centre s'étire une longue table avec une quarantaine de couverts, éclairée par quatre grands chandeliers en cristal.
Le gratin de la petite administration de l'île et les épouses sont en petits groupes avec les officiers du navire. Ils conversent en tenant leur flûte de champagne. Les robes des dames sont splendides, mais Hortense, avec son pareu bleu noué sur l'épaule et sa couronne de Tiare posée sur ses longs cheveux noirs, ne dépareille pas. Bien au contraire.

L'officier les présente à l'hôte de la soirée, le Duc de Wallop, Sire de Upper Wallop et cousin germain de Sa Majesté. C'est un jeune homme en uniforme d'enseigne de vaisseau, la figure couverte de taches de rousseur. Hortense réussit bien la révérence apprise l'après-midi.
Un maître d'hôtel leur offre chacun une flûte de champagne. L'officier de quart ne lâche plus Alastair. Il est intrigué par la prestance exceptionnelle de cet homme accompagné d'une beauté si exotique. Il engage la conversation :

- « Hm, hm…, Cher Monsieur. Hm… Je vois à votre démarche que vous êtes un ancien des Forces Armées de sa Majesté. »

- « C'est exact, lieutenant, je dirais que vous êtes un observateur perspicace. »

Alastair n'en dit pas plus. Intelligent, il a appris il y a bien longtemps que le silence est beaucoup plus porteur que la parole. Si l'on raconte sa vie, elle paraîtra toujours banale. Mais si l'on se tait, elle prendra les dimensions que voudra lui donner l'imagination de la personne intéressée, et celle-ci peut être sans bornes.

Et l'officier face à lui est bien le produit parfait de l'éducation stricte des "public schools", ces grandes école privées, vestiges d'un temps révolu et plus civilisé. La politesse et l'amour-propre lui interdiront de poser une question directe et franche. Ce serait un "manque de manières". Celui ci poursuit :

- « Hm, hm… Je dirais que vous étiez capitaine de dragons… Peut-être les Scottish Highlanders ? Ne reconnais-je pas une trace d'accent du Nord ? »

- « *Not quite* (pas tout à fait), *not quite,* lieutenant. »

Alastair laisse son regard faire le tour du salon. Hortense est de l'autre côté de la salle, déjà entourée de trois élève-officiers qui sont à ses petits soins.

Le lieutenant enchaîne :

- « Hm, hm… Mais bien sûr, où ai-je la tête. Votre allure vous trahit, *Sir.* Royal Air Force, bien sûr. »

- « *Not quite*, lieutenant, *not quite*. »

- « Hm, hm… Je vois… Oui, c'est cela… Voilà. Vous êtes un ancien des B.I.C. (Burma, India, China) ? »

- « *Not quite,* lieutenant, *not quite*. »

- « Hm, hm… Bien sûr, mais je vois que vous n'étiez pas dans la Navy (marine). »

- « C'est correct, lieutenant. Pas dans la Navy. »

Notre officier est de plus en plus intrigué. Le capitaine du *Britannia* se dirige vers eux et se fait présenter Alastair :

- « Enchanté, cher Monsieur… Vraiment enchanté de voir que la Mère-patrie est si bien représentée sur ces rivages si lointains… Entre nous soit dit, j'en suis fort satisfait… Il est toujours utile de montrer à ces *"Frenchies"* ce qu'est la vraie classe… N'est-ce pas ?…»

Il regarde vers Hortense, puis se penche légèrement vers Alastair :

- « C'est vraiment un magnifique spécimen de femme indigène qui vous accompagne là, mon cher… Quel goût vous avez, Sir… Mes compliments, vraiment… Je vois que la rude vie des tropiques a aussi ses compensations, si j'ose m'exprimer ainsi… Excusez ma franchise, mon cher, mais nous sommes entre gentlemen, n'est-ce pas… Mais il me vient à envier parfois la vie d'expatriés tels que vous, mon cher… Et une fois votre mission terminée, vous écoulerez paisiblement vos jours dans un manoir du Kent, n'est-ce pas ?… Mais quels souvenirs vous aurez… Oui, je vous envie bien… Ce fut un grand plaisir, Sir… Je vous l'affirme… continuez votre excellent travail en nous représentant si bien… A plus tard si je puis en avoir l'honneur. Au revoir mon cher. »

Et il s'éloigne, mais seulement après avoir dit au lieutenant :
- « Vous vous occupez personnellement de cet invité, compris ! »

L'officier revient avec une autre coupe de champagne pour Alastair :
- « Hm, hm… Un grand homme, notre capitaine. Beaucoup de classe, ne pensez-vous pas ? »

- « Mais bien sûr. Très exact dans ses jugements. Assez étonnant.»

Encouragé, le lieutenant revient à la charge :
- « Hm, hm, Ne seriez vous pas notre consul, Sir ?"»

- « *Not quite*, lieutenant. Il n'y a pas de consul de sa Majesté à Tahiti en ce moment. »

- « Hm, hm… Mais bien sûr… Ah, je vois. Vous étiez colonel des *"commandoes"*, nos forces spéciales, n'est-ce pas, Sir ? »

- « Not quite, not quite, lieutenant. »

Alastair continue d'apprécier son champagne, tout en observant le salon. Le lieutenant se gratte la tête. Il se trouve devant un cas des plus inhabituels. Pourtant, sa fierté est sa capacité de toujours pouvoir "situer" les gens dans la société. Il a affiné cette faculté à en faire un art. Son orgueil.

Ce cas était très spécial. Il se devait de le placer. Son amour propre était en jeu.

Tout le monde passe à table. L'hôte, le duc de Wallop, propose un toast au "Président des Français" et à Sa Majesté la reine. Tout le monde lève son verre.

Alastair se trouve assis entre l'épouse d'un chef de cabinet et son lieutenant. Mais celui-ci n'aura pas l'occasion de poursuivre son enquête avec son voisin pendant le dîner, car Alastair est continuellement sollicité par les autres convives pour traduire.

C'est seulement au café, après un excellent repas, lorsque l'on passe les cigares pour les messieurs, que le lieutenant se permet d'aborder à nouveau Alastair :

- « Hm, hm… Mais bien sûr, c'est évident. Je suis impardonnable. vous étiez avec *Army Intelligence*, bien sûr ? »

- « *Not quite,* lieutenant, *not quite.* »

Le lieutenant en devient tout rouge. Il ne comprend plus. Il a pourtant énoncé tous les corps d'armée. Ou presque. Que pouvait donc avoir fait cet homme si important ?

Pensif, il s'excuse et part. Alastair va se promener parmi les autres invités. Il écoute par-ci et par-là, rend la politesse à ceux qui s'adressent à lui.

Il n'aborde pas Hortense et sa cour d'officiers. Il éprouve un grand plaisir de la voir évoluer ainsi dans ce monde élégant. Alastair ne se fait aucun souci pour elle. Les Polynésiennes ont un don unique pour s'adapter aux situations imprévues et inconnues. Et un sens inné pour le cérémonial, une des bases de leur culture. Elles observeront bien les gestes des autres avant de faire un mouvement. Et elles parleront très peu. L'on peut prendre n'importe quel Polynésien d'un village isolé et le parachuter à l'Elysée, il ne fera pas de faux pas.

C'est d'ailleurs ce don qui est à l'origine du mythe du "sauvage noble", car les aristocrates français et anglais du XVIIIe siècle étaient en extase devant la civilité des premiers Tahitiens à visiter l'Europe.

Alastair est sollicité presque tout le reste de la soirée comme interprète par certains hauts fonctionnaires. Et il profite largement de l'excellent cognac et sherry que distribuent les stewards.

La soirée se fait tard. Il fait un signe des yeux à Hortense, qui fait alors ses adieux à ses chevaliers servants.

Alastair remercie son hôte et le capitaine à la coupée, et descend la passerelle avec Hortense. Le lieutenant les rejoint à ce moment :

- « Hm, hm… sir, désirez-vous un taxi ? »

- « Non merci. Nous désirons marcher un peu pour profiter de la douceur de la nuit. »

Le lieutenant s'approche, se penche vers lui et parle bas :

- « Hm, hm… Excusez-moi encore. Mais je crois avoir trouvé. Et vous avez ma parole d'officier de la Royal Navy que votre secret sera bien tenu. Vous êtes bien le chef de station du M.I.2. ? (Espionnage britannique). »

- « *Not quite*, lieutenant, *not quite*. »

- « Mais alors, *Sir,* dans quelle branche étiez-vous donc ? Excusez mes mauvaises manières, je vous en supplie. Vous avez déjà ma parole d'officier. »

- « Mon cher lieutenant, j'étais simple clairon. Je jouais surtout l'appel aux morts. Bien le bonsoir, lieutenant. »

Et Alastair et Hortense disparaissent dans la nuit.

Le lieutenant reste planté là. Lentement, il retourne vers le *Britannia*. Il monte la passerelle. Le capitaine l'intercepte à la coupée :

- « Alors lieutenant. Etonnant ce gentleman, n'est-ce-pas ?… La vraie classe… Avez-vous réussi à découvrir son activité. Il n'est point bavard, n'est-ce pas ? »

Le lieutenant se penche vers le capitaine :
- « Hm… Et pour cause, Sir. C'est le résident local de l'Intelligence Service… Je compte sur votre discrétion. »
- « Très bien, lieutenant. Vraiment très bien. Bravo. Je le savais. Londres m'avait prévenu… Je désirais voir si vos talents sont toujours aussi efficaces, lieutenant. Mes compliments. »
Le lieutenant trahit presque sa pensée par un sourire sur ses lèvres.

Hortense et son père feront tout le chemin de retour à pied. Il était trop tard, il n'y avait plus de voitures pour faire de l'auto-stop. Ils arriveront presque trois heures plus tard à la petite maison, leurs chaussures à la main.

La maman les attendait, assise sur le perron, une lampe à pétrole à ses côtés.

DOUCE VAHINE, DOUCE VENGEANCE

PARFOIS, des lecteurs me font le reproche :   -
« Dis donc, tes histoires, tu ne trouves pas
qu'elles sentent un peu trop l'eau de rose ? Il
s'agit souvent d'un gars qui a toutes sortes de déboires,
surtout avec les femmes européennes, puis qui se pointe
dans vos îles, se trouve une *vahine* pour ensuite passer le
reste de sa vie à se la couler douce au bord du lagon sous
les cocotiers. Tu n'exagérerais pas un peu, non ? »

Oui… oui, admettons qu'il y a un peu de vérité dans ces
critiques. Toutes nos vahine ne sont pas des anges, loin
de là, et tous les *popa'a* qui viennent s'installer dans les
îles ne sont non plus tous des "intellos" mentalement
épuisés et rongés par l'impitoyable civilisation occidentale.

Lisez plutôt l'histoire de Georges pour vous en rendre
compte :

J'ai connu Georges voici plusieurs années à Raiatea, la
grande île qui se trouve à 50 kilomètres au sud-est de
Bora Bora. Bien que Raiatea soit un lieu fascinant avec
un relief et une nature étonnants, je ne m'y suis jamais
senti bien à l'aise pour des raisons incompréhensibles.
La plus grande des Iles-sous-le-Vent, Raiatea est une île

agricole par excellence qui pourrait être le grenier de la Polynésie française. Mais elle est presque entièrement inexploitée, la majorité des terres appartenant à de grands propriétaires qui ne les mettent pas en valeur.

La ville de Raiatea, Uturoa ("grande bouche" ou "grand pou" en tahitien, à vous de choisir), est le centre administratif de l'archipel et c'est une bourgade qui abrite essentiellement des commerçants chinois, des fonctionnaires expatriés et quelques *demis* (métis).

Voici dix ans encore, Uturoa était reconnue comme une charmante petite ville coloniale avec des magasins en bois datant du début du siècle. Mais, en 1982, un incendie détruisit la moitié des commerces et l'on reconstruisit presque toute la ville en style boîte carrée de béton moderne à la Hong-Kong sans apporter le moindre souci ni au style ni a l'harmonie architecturale. En l'espace de quelques années, le centre d'Uturoa est ainsi passé du stade "Papeete d'il y a cinquante ans" à celui de "voilà comment bousiller une tout à fait charmante petite ville tropicale".

Les fonctionnaires en poste à Uturoa passent l'essentiel de leurs moments de loisir à faire le tour de l'île en voiture ou à essayer de se prouver mutuellement leur importance dans les quelques bistrots de la ville. Raiatea semble être la seule île de Polynésie où la population rurale tahitienne vit à l'écart de la population urbaine d'Uturoa.

L'absence de plages de sable blanc, symbole des tropiques, fait que l'île désintéresse les touristes. La seule attraction réelle qui pourrait inciter un voyageur au déplacement est le grand Marae (temple) de Taputapuatea, ancien point de départ des grandes pirogues de toutes les fantastiques migrations polynésiennes, celles qui menèrent au peuplement des Iles Marquises, des Iles Hawaii (l'ancien nom de Raiatea est d'ailleurs "Havaiki") et de la Nouvelle-Zélande.

Mais Georges n'était pas intéressé par ces détails historiques. C'est la présence de la petite communauté de fonctionnaires expatriés à Raiatea qui le décida à venir s'installer à Raiatea. En effet, après avoir tenté sa chance dans divers métiers sans trop de succès, il s'était reconverti, comme tant d'autres bourlingueurs en bout de course, dans la profession d'exterminateur d'insectes, de chasseur de cancrelats, punaises et autres moustiques. L'essentiel de sa clientèle se trouvait parmi le "blanc" fraîchement arrivé de Métropole. Ces co-opérants à la mission civilisatrice aux antipodes ne pouvaient supporter la vue du moindre cafard, du moindre lézard, de la moindre souris et surtout du moindre moustique, toutes des petites créatures qui pullulent dans notre moiteur tropicale. Malgré les exquises professions de foi du genre "Ah, quel bonheur de pouvoir enfin communier avec cette belle nature de Tahiti!" de ces nouveaux arrivants, leur premier acte est bien d'éliminer au plus vite des alentours de leur maison toute présence vivante de cette même nature si admirée.

Il est vrai qu'il faut un certain temps pour s'habituer aux aléas qu'induit l'existence sous les latitudes tropicales. Le récit de mon copain le vieux "broussard" est explicite :

« *La première année que tu habites dans les îles, tu commandes une bière au bar. A peine te l'a-t-on apportée qu'une grosse mouche bien dodue et brillante tombe dans le verre. Tu appelles : "Barman, apporte moi une autre bière dans un autre verre !" La seconde année, lorsque la mouche tombe dans ta bière, tu la jettes par la fenêtre et tu tends ton verre au barman : "Remplis-le !" La troisième et la quatrième année, vu le prix de la bière, tu prends ton petit doigt pour extraire délicatement la mouche qui se débat dans la mousse, tu la jettes à terre, tu l'écrases avec ton pied et tu essuies ton doigt sur ton pantalon. La cinquième année, tu regardes longuement la mouche qui se noie dans ton verre.*

Lorsqu'elle a finalement arrêté de bouger, tu te dis qu'en fin de compte elle n'est pas si grosse que ça. Alors tu l'avales carrément avec la bière. C'est à ce moment où tu réalises que tu es finalement devenu un homme des tropiques. »

Mais avant d'en arriver là, Messieurs les expatriés, Georges et ses acolytes avec leurs entreprises de désinsectisation vous soutireront une fort pourcentage de vos revenus indexés au "5,5".

Il ne faut pas grand chose pour ouvrir boutique de "rata-mort" ou similaire. Un véhicule, une pompe à moteur avec un vaporisateur au bout d'un long tuyau et une dizaine de bidons pour mélanger les différents poisons. Il faut bien sûr aussi avoir un bon baratin pour réussir à vendre l'onéreux traitement anti-termites même aux locataires de maisons en béton, tout comme un slogan accrocheur est indispensable. Georges avait choisi "Où Georges passe, l'insecte trépasse!" et l'avait fait écrire en grosses lettres sur sa vieille camionnette rouge écarlate au-dessus de l'immense cent-pieds peint sur toute la longueur du véhicule. La portière arrière était ornée d'une hideuse tête de mort.

Georges faisait son travail plus que bien. C'était comme s'il avait un compte personnel à régler avec les insectes. Il doublait généralement la dose recommandée par les fabricants d'insecticides et rien ne survivait à son traitement. Parfois la dose était tellement forte qu'il arrivait même que le matou du propriétaire, s'il retournait trop tôt à l'intérieur de la maison, trépassait là où Georges était passé.

L'overdose, d'ailleurs, était le trait essentiel du caractère de Georges. Il faisait tout à l'excès. Tel que se vanter d'exploits plus ou moins imaginaires et surtout s'adonner à la boisson. Inévitablement, il arbora un immense ventre, témoin d'années de consommation excessive de bière et autres spiritueux. En plus, il était du genre "grande gueule", le style de personne qui parle fort, qui croit tout savoir mieux que les autres. Cela lui valut d'être rapidement évité par beaucoup de personnes. Et il n'y a pas beaucoup de personnes dans nos îles.

Mais la manière cruelle dont il traitait sa compagne, ce qui avait fini par se savoir, était le facteur qui lui valut réellement la réprobation des différentes communautés de Raiatea et l'isolement. Vahinatea, sa vahine, était pourtant une fille simple, patiente, douce et très respectueuse envers son mari, telle qu'on en trouve encore dans les vallées reculées de nos îles...

Georges avait rencontré Vahinatea, voici plus de sept ans, dans le village de Fetuna sur la côte sud de Raiatea. Elle avait alors suivi Georges après qu'il lui ait fait un brin de cour, encouragée par ses copines et ses parents qui lui dirent :
- « Va, reste avec le *popa'a* ! Il te traitera bien et tu auras une vie bien meilleure que si tu restes ici à cultiver quelques arpents de terre. Et puis tu ne vas pas loin d'ici, à quelques heures de route seulement.»
Pleine d'espoir et avec l'insouciance propre aux Polynésiens, elle quitta donc un matin son village natal baigné de soleil, dans la camionnette de Georges rouge bardée des cent-pieds et des têtes de morts, laissant derrière sur la piste un grand nuage de poussière. Le soir même, elle s'était donnée à Georges, son premier homme, telle une femme se donne à l'élu de son coeur et depuis elle se considérait définitivement l'épouse de l'homme qui tue les insectes.

Les premiers mois, il fut un compagnon plein d'égard et Vahinatea se sentit heureuse. Mais, bien vite, il arriva la même chose qui s'était déjà passée chez Georges en Indochine, aux Nouvelles-Hébrides et en Nouvelle-Calédonie. Homme assez primitif et incapable d'une émotion sincère, il se lassa vite de Vahinatea tel un enfant se lasse du nouveau jouet ou d'un chiot, et peu à peu, il la traita de plus en plus en servante, presque en esclave. Vahinatea était maintenant enceinte et pensa que l'attitude de son *tane* était due à son état de grossesse. Mais la naissance d'un fils et le retour du corps de Vahinatea à une minceur de jeune fille ne changea malheureusement rien.

Tout comme la naissance du second, puis du troisième enfant ne changèrent rien non plus. Georges était tout simplement une vieille brute absolument incapable de montrer le moindre respect pour ses compagnes, fussent-elles indochinoises, métisses de Port Vila, de Nouméa ou polynésiennes. Il s'avéra même incapable de leur apporter un confort matériel décent, non pas parce qu'il ne gagnait pas bien sa vie, mais parce qu'il gaspillait ses revenus à boire et à brailler dans les bars, à la recherche de quelques nouvelles âmes égarées qu'il pourrait essayer d'impressionner. Inévitablement, il rentrait ivre la nuit et s'il était de mauvaise humeur, ce qui était fort courant, il battait sa compagne et même ses enfants lorsque, effrayés, ils se mettaient à crier.

Vahinatea, en vrai Polynésienne et en femme religieuse, encaissait tout. Pour elle, Georges était son compagnon et le père de ses enfants. Elle devait rester avec lui et s'il était si méchant, c'est qu'elle n'avait pas eu de chance. Tout simplement. Son éducation lui commandait de rester avec lui, à ses côtés, et les coups qu'elle recevait n'y changeaient rien.

Les seuls moments où elle haïssait vraiment Georges, où elle aurait même pu le tuer, étaient lorsqu'il la bafouait en public, lorsqu'il la traitait de noms ignobles ou qu'il la giflait en présence d'autres personnes. Car en ces moments pénibles, il touchait à sa dignité, à son dernier refuge, à ce qui est tellement important pour le Polynésien. Ainsi, elle n'osait plus sortir, se terrant chez elle depuis des années tel un animal meurtri afin de ne plus subir une telle honte, ne plus être vue avec Georges qui avait perdu toute crédibilité, tout respect de la part de la population d'Uturoa.

Or Georges faisait partie de ceux qui se prenaient pour des êtres supérieurs, persuadés d'être éternels, pensant que les malheurs n'arrivaient qu'aux autres. Aussi, dans son travail, négligeait-il les plus élémentaires règles de sécurité. Il effectuait toutes les désinsectisations torse-nu et sans masque respiratoire, sans se soucier des effets des produits chimiques à la dioxine et autres cancérigènes notoires qu'il utilisait quotidiennement avec sa largesse coutumière. Plusieurs connaissances lui en avaient fait la remarque, mais il ne faisait qu'en rire, annonçant : « Ces gadgets, c'est pour les fillettes ! »

L'inévitable se produisit. Un jour, Georges commença à tousser. Une toux qui s'empira au fil des mois. L'apparition de la maladie chronique n'empêcha pas la brute de continuer de boire, bien au contraire. Vite, les quintes de toux de Georges devinrent un bruit familier dans le bar de la rue principale d'Uturoa. Elles se firent de plus en plus fréquentes, de plus en plus fortes, puis un jour, elles cessèrent subitement... Georges ne venait plus au bar.

Personne ne le vit les mois qui suivirent. Le calme inhabituel au bar délia les conversations. Les quelques expatriés de longue date dans l'île s'inquiétèrent, devinrent curieux serait plus exact. Je fus choisi pour aller voir jusqu'à sa maison afin d'y découvrir la raison de l'absence prolongée de Georges.

Ma voiture s'engagea dans le chemin de Tevaitoa. La maison de Georges, une grande case en Pinex comme on en voit tant en Polynésie, apparut sur la droite. La cour était fleurie et propre, la maison avait même été récemment repeinte. Du linge séchait sur des fils tendus entre un avocatier et un cocotier. L'on voyait qu'une *vahine* traditionnelle s'occupait de ce lopin de terre et réussissait à lui donner un air de joie, de propreté, malgré le peu de moyens matériels disponibles. La camionnette de Georges ornée de son immense cent-pied était garée devant la maison, un pneu à plat. La végétation autour indiquait qu'elle n'avait pas bougé depuis longtemps.

Vahinatea était assise sur la terrasse en train de peler des tubercules de manioc. Ses longs cheveux étaient divisés en deux tresses et elle était vêtue d'un *pare'u* bleu qui lui allait fort bien. Elle était seule, les enfants étant à l'école. Je garais la voiture face à la maison et saluais Vahinatea. Elle me répondit avec un sourire et haussa la tête pour que le l'embrasse.
- « Bonjour Vahinatea. Tout va bien ? » demandais-je
- « *E. Maitai roa !* » (très bien!)
- « Et Georges ? Est-il à la maison ? »
Son visage s'assombrit.
- « Oui, à l'arrière ! » lança-t-elle d'un ton sec.
- « Je peux le voir ? »
- « Si tu veux absolument...»
Elle se leva brutalement et me précéda dans la maison. Nous traversâmes le petit salon. La maison était propre, le soleil pénétrait entre les petits rideaux en tissus fleuris tendus aux fenêtres. Les petits coussins multicolores brodés, si typiques des maisons polynésiennes, étaient bien calés et mis en évidence. Tout paraissait gai et heureux... jusqu'à ce qu'elle ouvre la porte au fond du petit couloir.

Jamais je n'oublierai le spectacle qui s'offrit à moi :
Ce fut d'abord la puanteur qui me frappa, une odeur nauséabonde qui émanait de la petite pièce. Puis je vis l'horrible spectacle. La vision me donna envie de vomir. Georges, plutôt ce qui paraissait être Georges, était couché sur un lit taché de sang qui avait dû sortir de ses poumons. Le sang recouvrait son torse, dégoulinant sur

des draps imbibés à saturation et formant même des flaques par terre. Ce sang était noir, en partie séché, par endroit craquelé. Comme une sorte de goudron. Effrayées par notre arrivée, des milliers de grosses mouches vertes se détachèrent subitement de ces flaques de sang et se mirent à bourdonner dans la pièce tout autour de moi, effleurant mon visage, obscurcissant la lumière de la pièce. J'essayais de me débattre contre cette nuée horrible, en vain.

Georges, maintenant tout maigre et paraissant vieilli de 20 ans, agonisait d'un cancer aux poumons, peut-être même d'autres organes. Un fluide visqueux noir coulait lentement des coins de sa bouche. Sa tête tourna lentement vers moi et me regardait à travers la nuée de mouches. Ses yeux grand ouverts exprimaient une vraie terreur, de quoi me glacer les os. Il tenta de parler. Juste un faible râle fut audible. Au lieu de paroles, c'est encore plus de sang noir qui sortit en à-coups de sa bouche en faisant des cloques. Je tenais ma main devant mon nez, essayant de masquer la terrible puanteur omniprésente, de retenir mon envie de vomir. J'étais terrifié, pétrifié par l'horreur suprême qui m'entourait. Au lieu de vomir, je sentais la fureur monter en moi:
- « Mais qu'est-ce que tu attends pour nettoyer ? Comment peux-tu…? » dis-je en me tournant vers Vahinatea qui restait impassible dans le couloir.
- « Ah !… Tu veux que je nettoie, et bien je vais le faire ! », dit elle d'une voie sèche. Elle courut hors de la maison pour revenir avec un tuyau d'arrosage branché. Et elle se mit à tout asperger. Le malade. Les murs. Le lit. Elle inonda tout avec le tuyau d'eau grand ouvert. Elle dirigea carrément le jet sur Georges sans se soucier si cela l'étouffait ou pas. Un mélange puant de sang caillé, de mouches mortes et d'eau commença à envahir lentement le couloir. Mais Vahinatea continua à diriger le jet d'eau droit sur le lit, le regard glacial. Georges essayait de bouger, de tourner, mais trop faible, ne put

que tousser le liquide noirâtre. Je ne tenais plus. Je me préparais à sortir pour aller vomir, mais elle me retint fermement par la main. Alors Vahinatea, pour la première fois, dit à quelqu'un ce qu'elle avait eu si long-temps sur le cœur :

- « Voilà comment je soigne le monstre qui n'a fait que battre ses propres enfants. Voilà comment je soigne le mari qui a préféré aller boire que de s'occuper de sa famille ! Voilà comment je traite l'homme qui m'a humiliée, qui a gâché ma jeunesse. Voilà ce que mérite l'homme qui m'a fait pleurer chaque nuit et chaque jour pendant des années ! Qu'il crève vite. Je suis en paix. Je sais que Dieu me comprend ! »

Elle claqua la porte et alla ranger soigneusement son tuyau d'arrosage.

Deux jours plus tard, à l'hôpital d'Uturoa, Georges sombra dans le coma pour très vite mourir étouffé par son cancer. Comme Vahinatea était de religion adventiste, toute cette petite communauté religieuse accourut pour s'occuper des cérémonies funéraires et faire une collecte pour elle et ses enfants.

C'est aussi grâce à cette communauté religieuse qu'il y eut des personnes pour assister aux obsèques de Georges.

Le soir de ces funérailles, au bar d'Uturoa, tous les habitués étaient bien silencieux. Nul d'eux n'avait été à l'enterrement.

Peut-être y-a-t-il dans nos îles plus de Georges qu'on ne le croit...

LE BLEU QUI FAIT
MAL AUX YEUX

LA **LETTRE** arriva un jeudi :

« Beverly Hills, le 2 octobre,
Cher ami,
J'ai encore besoin de tes services.
Tu as sûrement entendu dire que l'hôtel est fermé.
J'envisage de le rouvrir. Mais j'aimerais avoir ton avis
auparavant. Essaie de trouver les raisons de tous mes pro-
blèmes passés.
Alors, s'il te plaît, va à Tetuara. J'attends ton rapport. Je
joins un chèque pour acompte.
Mes amitiés à Poerava.
Marlon Benton.»

Je relus la lettre deux fois. Avec grand plaisir.
Car j'aime profondément l'atoll de Marlon, Tetuara.
Comme on peut aimer une femme. Avec passion.
Un atoll est un autre monde. Plutôt un monde à part. Un
lieu de communion avec un chef-d'œuvre de la nature.
Un atoll est la seule terre de ce bas monde créée par la vie,
par des organismes vivants.

Il n'est pas né de la collision de plaques tectoniques. Cela aurait été bien trop inélégant. Une chose si fragile ne peut être l'enfant d'un acte aussi brutal.

Un atoll est le fruit de la conspiration entre les éléments nobles de notre planète. Le feu des entrailles de la terre a placé l'embryon, la patience du temps l'a modelé, l'eau de l'océan et la chaleur du soleil l'ont nourri, et le vent l'a sevré.

Imagine l'Océan Pacifique, immense, vaste. Trop vaste. Plus de la moitié de notre globe.

Profond aussi. Plus de quatre kilomètres en moyenne.

Un point faible au fond de cette immensité d'eau. Et le feu de la genèse va pousser lentement, patiemment, puissamment le magma jusqu'à percer la surface de l'océan. Alors, masse énorme, il sera déjà plus grand que le Mont Blanc, orgueil de l'Europe.

Puis ce volcan s'essoufflera, s'éteindra. Mais son poids immense, seul à des milliers de kilomètres d'un continent, le fera s'enfoncer. Lentement. Inexorablement. Jusqu'à redisparaître sous les flots.

Mais un petit détail changera tout : des coraux tropicaux vont trouver un habitat parfait sur cette terre submergée. Car elle fournit l'environnement idéal : un support. De la lumière. Une mer chaude. Et de l'oxygène, fourni par les brisants d'une houle éternelle, reliquats de tempêtes des quarantièmes rugissants ou enfants des alizés constants.

Et le volcan continuera de s'enfoncer, lentement, et le corail poussera, tout aussi lentement. Les nouvelles générations sur les squelettes de calcaire des ancêtres. Bientôt, il n'y aura plus trace du volcan, il n'y aura qu'un grand anneau de corail.

Alors, un lagon sera né. L'océan immense pouponnera avec tendresse ce joyau si fragile, le caressera de ses vagues, l'allaitera de son oxygène. Pendant des siècles. Des millénaires. Des éternités.

Mais cet océan, tel l'homme, peut aussi devenir fou, violent. Surtout lorsqu'il a trop chaud. Et dans sa crise, sa folie, il essaiera de détruire, de mutiler, de briser ce qu'il a créé avec tant de patience et d'amour. Cette crise est le cyclone.

Des vagues monstrueuses, sans répit, sans pitié, iront, telles que de puissantes masses, casser, broyer, pulvériser, cette multitude de fragiles bouquets de coraux multicolores. L'onde créatrice, devenue bélier destructeur, va soulever des sections de récif entières pour les jeter sur d'autres, va broyer ces plaques et de magnifiques coquillages en poudre fine.

Puis, fatigué et las de cette crise destructrice, l'océan va se calmer et va découvrir un spectacle de désolation à son échelle. Sur le récif meurtri, de grands tas de débris apparaîtront, puant en séchant au soleil revenu.

Les pluies des années suivantes vont rincer, lessiver le sel de ces dunes hideuses. Les oiseaux marins de passage vont découvrir avec joie ce nouveau perchoir. Il deviendra vite leur nouvelle base. Leurs déchets couvriront bientôt la dune et apporteront l'azote nécessaire à la croissance des plantes.

Quelques noix de coco et quelques graines s'échoueront sur la plage, et en quelques années les dunes seront vertes.

Alors, un atoll est né.

Le récif continuera de pousser, se cicatrisera et deviendra la barrière protectrice de ces fragiles îles de sable. Sa pousser, se cicatrisera et deviendra la barrière protectrice de ces fragiles îles de sable. Sans ces remparts vivants faits de milliards de polypes, la houle du Grand Océan ne ferait qu'une bouchée de ces restes de cyclone.

Là se trouve l'ambiguïté d'un atoll. Chaque fois que l'océan aura sa mauvaise humeur et tentera de le détruire, il ne créera que plus de débris qui l'agrandiront. L'atoll est devenu un être vivant qui a appris à puiser sa croissance dans son environnement, quel que soit son humeur.

Beaucoup de temps passera. Beaucoup.

Puis, un jour, quelques hommes, perdus sur cet immense océan, entassés sur de fragiles pirogues, s'échoueront sur cette mince bande de terre. Ils vénéreront cette terre salvatrice. Ils apprendront à y survivre. A y cohabiter. A vivre en harmonie avec ce monde d'eau et de calcaire. Ils découvriront comment se couvrir, comment se nourrir, comment se soigner avec les quelque produits du cocotier et du lagon. Pendant des siècles et des siècles. Des générations et des générations.

Et encore plus tard, un grand navire viendra. Grand comme un village. Des hommes blancs comme des bénitiers et barbus comme des diables en descendront. Ils échangeront des poissons et des noix de coco contre des choses qui brillent, des choses inmangeables et inutiles. Puis ils remonteront sur leur village flottant.

Mais avant de disparaître, un des barbus ouvrira la grande barrique sur le pont du navire. Le temps d'avaler quelques louches d'eau, plusieurs moustiques auront pu s'échapper et voler vers l'atoll.

Ensuite les nuits seront moins douces, et les enfants auront des boutons et des maladies.

D'autres grands voiliers viendront. Beaucoup d'autres. Certains curieux. Certains avides. D'autres fourbes.

L'un d'eux invitera les hommes de l'atoll à un grand festin à bord. Lorsque ceux-ci se jetteront sur les délices inconnus exposés dans la grande cale, la trappe se fermera.

Et les hommes de l'atoll mourront tous dans l'horreur de l'esclavage des mines d'Amérique du Sud ou des plantations d'Australie.

Les enfants de l'atoll grandiront sans père. Ils pêcheront les nacres du lagon afin que les chemises de la Belle Epoque puissent être fermées par de jolis boutons. Ensuite, ils cultiveront les noix de coco pour alimenter les usines de savon et de margarine à l'autre bout du monde.

Mais le génie de l'homme moderne inventera bientôt d'autres moyens plus efficaces et rentables pour produire de la graisse végétale, et les hommes et les femmes de l'atoll devront le quitter. Car ils ne sauront plus se nourrir, se parer, se soigner uniquement avec les richesses de l'île.

Ainsi, l'atoll fragile, dépourvu d'intérêt économique, sera

abandonné. Il en profitera pour se soigner, reconstituer sa population de nacres, retrouver sa symbiose avec les oiseaux du grand large.

Il n'y a pas si longtemps, Marlon Benton arriva en Polynésie.

Vous connaissez tous Marlon, bien sûr. Oui, l'acteur de cinéma célèbre. Je ne vous lasserais pas ici à citer ses films qui ont fait de lui la coqueluche du monde entier.

Ce qui se passa est assez banal. Marlon, certain d'être expert de tous les plaisirs offerts par la vie, se trouva vite déconcerté par la féminité et l'innocence des filles de nos îles. De celles qui ont su rester naturelles.

Il tomba éperdument amoureux de Tina, la réceptionniste de son hôtel, l'épousa et fonda un foyer.

Comme sa célébrité universelle commençait à lui peser, il décida de profiter de ce tour inattendu du destin pour échapper à l'usine de rêves de Hollywood.

Le hasard le guida vers l'atoll de Tetuara.

La première fois qu'il vit de l'avion cet anneau d'îlots entourant un lagon aux mille dégradés de bleu et de vert, il vécut son second coup de foudre polynésien.

Il avait enfin trouvé ce qu'il cherchait inconsciemment depuis sa jeunesse.

Car Marlon est un homme en avance sur son temps. Très sensible, il était devenu un écologiste farouche à une époque où l'homme civilisé croyait encore pouvoir violer impunément son environnement.

Et maintenant, voilà qu'il avait découvert une île quasiment vierge. Un lieu qu'il pourrait protéger.

C'est sans difficultés qu'il réussit à acheter la totalité de l'atoll, car à l'époque, celui-ci n'avait pas d'intérêt économique. Et dans nos îles peu peuplées, nul ne comprenait encore que le calme, la solitude et la liberté que celles-ci engendrent sont, pour le reste du monde, le plus inabordable des luxes.

Marlon consacra les années suivantes à aménager une petite piste d'aviation et une base-vie. Et un petit hôtel de vingt bungalows, pour aider à couvrir une partie des frais énormes d'une telle entreprise. Vingt bungalows qui pourraient abriter quarante personnes. Le seuil maximum que Marlon s'était permis pour ne point troubler le calme, pour ne pas stresser l'environnement. Et surtout pour ne pas déranger les milliers d'oiseaux. Ces vrais propriétaires de l'atoll.

Marlon ne s'était pas engagé loin. Quarante personnes sur plus de 100 hectares de cocoteraies, dans un lagon de cinq kilomètres de diamètre, ne risquaient pas de bouleverser l'équilibre.

Mais il fit des efforts exceptionnels pour intégrer le petit hôtel à son environnement. Il n'utilisa que des matériaux indigènes et construisit une scierie à cet effet. Tous produits chimiques de traitement de bois et tous insecticides étaient bannis. Tous les déchets nocifs, tels que huile de vidange, furent renvoyés à grands frais à Tahiti.

Il ne fit aucune concession aux modes ni aux goûts de la société urbaine. Son hôtel ne proposait que l'essentiel : un toit contre les intempéries, les sanitaires modernes pour les besoins, une douche pour l'hygiène, un lit pour dormir, une moustiquaire pour dormir en paix et une nourriture simple et saine. Mais tout cela dans un des cadres les plus féeriques qui soit, d'une beauté inimaginable, d'une pureté inouïe. Tout être sensible et intelligent ne pouvait qu'être repu d'émerveillement.

Si votre genre est de trouver le bonheur dans la cacophonie de discothèques ou dans la futilité de l'ascension sociale, alors il ne faut pas venir à Tetuara. Vous ne trouveriez que déception.

Marlon vécut plusieurs années sereinement sur l'atoll. Mais finalement certaines réalités économiques, le chant de sirène de la célébrité et la facilité du confort moderne, le rappelèrent en Californie.

C'est comme cela que je connus Marlon. Il me proposa alors de m'occuper de son atoll. J'acceptai. Et ce fut un plaisir immense. J'eus ainsi la chance d'être un rare privilégié. D'être le maître pendant plus d'un an d'un des plus petits, mais des plus beaux empires de ce monde. J'espère n'avoir jamais abusé de ce pouvoir. J'espère n'avoir jamais fait de peine aux quinze Polynésiens qui partagèrent si gentiment cette année d'exil. Un an sans élever la voix, un an sans méchanceté. Un an où les problèmes semblaient disparaître tous les soirs avec le soleil dans l'océan.

Bien sûr, des tensions pouvaient se créer, mais l'art de diriger cet univers isolé est justement de sentir venir le problème ou le conflit de personnalités. Et d'y remédier tout de suite. En maintenant les communications ouvertes. En prenant le temps d'écouter. En acceptant chacun tel qu'il est, avec ses qualités et ses défauts. En évitant farouchement de ne pas marginaliser un membre de la communauté.

Tous les autres problèmes, fussent-ils mécaniques, logistiques ou météorologiques, étaient mineurs face à l'harmonie de notre petit groupe si isolé.

En fin de compte, le travail essentiel du responsable d'une telle société est un travail de père confesseur. De psychologue.

Mais c'est la mentalité des Polynésiens, encore très rurale, donc tolérante, imbue du respect pour les autres et de bon sens, qui fut surtout responsable de notre sérénité.

Je fus bien triste de me séparer de cette vie. Mais la scolarité de ma fille était aussi importante. Et surtout la luminosité du sable blanc et du lagon commençait à rendre mes yeux bleus aveugles. Oui, il était temps que je parte. Je commençais à me trouver trop à l'aise dans cette vie, à l'abri de l'hystérie de ce poulailler industriel qu'est devenu le monde d'aujourd'hui.

L'atoll devenait une drogue. Le calme et la sérénité sont envoûtants. Si j'étais resté encore longtemps, je serais devenu un de ces "atollomanes", un de ces *beachcombers*, de ces blancs qui rôdent partout dans le Pacifique, d'île en île à faire des petits boulots. Ils sont facilement reconnaissables lorsqu'ils sont de passage à Papeete : bronzés à outrance, ils sourient constamment et disent bonjour à tout le monde. Et si on leur parle, on en a pour des heures. Car ils ont toujours le temps et des histoires incroyables.

Dans la boîte à trésors de mes souvenirs, je garde précieusement la mémoire de cette année.

Les journées entières de marche, seul, le long des plages pour compter les trous de ponte des grandes tortues de mer. Les longues ballades en pirogue, d'îlot en îlot, pour m'assurer que rien ne dérange les oiseaux et leurs bébés, des grosses boules de duvet blanc précairement perchés sur une branche.

Le souvenir de ces nuits de pleine lune, lorsque les feuilles de cocotier scintillent comme de l'argent. Lorsqu'on voit le sable et les coquillages au fond du lagon mieux qu'en plein jour. Lorsque notre astre sœur se reflète dans le lagon devenu miroir argenté.

Par contre, l'image qui restera toujours marquée dans ma mémoire est bien celle où l'atoll apparaît comme un mirage à l'horizon après un long vol sur les étendues bleu foncé du Pacifique.

Comme si les dieux avaient déposé une palette de peinture expressionniste sur l'océan. Une palette couverte de tous les échantillons possibles de bleu. Les fonds de sable blanc pur donnent à ces teintes une brillance, une luminescence absolument unique. Voilà un bleu qui fait mal aux yeux.

Ainsi la lettre de Marlon fit resurgir en moi le virus de l'atoll. Je m'empressais donc de plier bagages, de prendre femme et enfant et de partir pour l'île magique.

Jean-François, le directeur d'Air Moorea, insista pour piloter lui même, n'étant pas sûr de l'état de la piste.

Une heure plus tard, le lagon apparut à l'horizon, un saphir superbe posé sur une nappe bleue infinie.

L'avion s'aligna avec la petite bande de corail blanc qui paraît bien courte pour notre vieux bimoteur. Mais Jean-François, expert des pistes rudimentaires des Tuamotu, nous posa sans problème et stoppa l'avion au bord du lagon, presque sur la plage.

Un Tahitien d'une quarantaine d'années, torse nu et coiffé d'un chapeau de paille, se précipita pour ouvrir les portes de l'appareil. Je reconnu Matahi, compagnon et ami du temps de mon séjour. C'est avec joie que nous nous saluâmes tous en nous embrassant. Resté sur l'atoll en gardien, il y vivait seul depuis près de huit mois.

Nous déchargeâmes ensemble les soutes pleines de vivres. Et ce n'est qu'une heure plus tard que Jean-François décolla dans un grand vrombissement, nous faisant des gestes d'au revoir à la fenêtre du cockpit.

Nous suivîmes l'avion du regard jusqu'à ce qu'il devienne un petit point à l'horizon, puis disparaisse dans un nuage. Le silence nous enveloppa. Nous étions coupés du monde. Seuls. Enfin…

Ce séjour à Tetuara dura six semaines. Ce ne sera que la veille de Noël que je pus expédier mon rapport à Marlon. Le voici :

« Moorea, le 21 décembre …
Cher Marlon,
Je reviens de l'atoll. Mission accomplie. Je sais que tu es un homme très occupé, alors j'essaierais d'être bref et précis. Mais comme les causes de certains problèmes sont assez subtiles et je me permettrais d'approfondir certains détails. Bonne lecture.

La première erreur fut commise lorsque tu décidas de confier la gestion de ton île à ta société d'experts-comptables de Los Angeles.

Ces personnes, très compétentes en comptabilité et en bourse, vont essayer de gérer ton atoll comme l'on gère une usine de casseroles. Rendre l'île productive sera la priorité. L'important sera un bilan équilibré, positif si possible.

C'est comme si tu confiais ta maîtresse à ton banquier en lui disant : "Rentabilise-la !"

Ainsi, les experts super efficaces vont chercher un directeur "expérimenté" auquel ils donneront les pleins pouvoirs. Ses ordres seront de montrer un solde positif, de se débrouiller. Il sera choisi selon les critères d'excellence de leur société, le monde informatisé des bureaux climatisés dans les gratte-ciels.

Ainsi les comptables ont choisi André parce qu'il leur ressemblait :

Il parle anglais (ils peuvent le comprendre). Il a de beaux diplômes (comme eux). Il a de bonnes références (quelqu'un l'a essayé auparavant pour eux). Il est marié (cela, étrangement, veut dire qu'il est stable). Il a été directeur d'un hôtel de province (il est expérimenté). Il y a fait des profits (il est efficace). Et il est français (pas besoin de visa ni de permis de travail).

Voilà le directeur parfait que l'on expédie avec sa femme prendre ton île en main.

Il n'a jamais vu une île auparavant. Il n'a jamais vu de Tahitiens. Il ne connaît rien à la Polynésie, il n'a même pas lu un seul livre traitant le sujet. Les seuls poissons qu'il ait vu se trouvaient dans son assiette. Il ne connaît rien à la faune tropicale. Mais il est "dynamique et efficace". C'est cela qui compte.

Le couple arrivera en conquérant. Chassera sans délicatesse le pauvre Cornelius qui tenait les rênes depuis trois ans. Ne lui demandera même pas d'expliquer les mille et un tours de main qui facilitent la vie sur une île et que l'on apprend après des années d'expérience. Il fallait se débarrasser au plus vite du symbole de l'autorité antérieure. Et André et sa femme croient détenir tout le savoir. N'est-il pas diplômé ?

André n'est pas un mauvais bougre. Mais il doit son succès surtout à sa femme. Très ambitieuse, elle le pousse un peu tous les jours, lui fait la leçon. Car, au fond, il est un être assez sensible, attentif, qui ne cherche qu'à faire son chemin sans trop s'imposer aux autres. Mais sa femme, que j'appellerais "Madame", analyse cette modestie comme faiblesse. Pour elle, il faut être un "gagnant". Et tout ce qui se trouve sur son chemin doit être dégagé, démoli, pulvérisé.

Elle est une de ces "Nouvelles femmes modernes".

Une évolution parmi les plus étonnantes du vingtième siècle :

Jeune et résidant en France, j'étais alors émerveillé par les femmes françaises. Leur féminité, leur grâce, leur goût vestimentaire étaient inégalés dans le monde. Encore aujourd'hui, je tiens mémoire de ces jeunes filles bourgeoises de Paris et de province, parées de tailleurs bleus et de bottines, couvertes de duffel-coats, avec leurs queues de cheval et les foulards de soie.

Le monde entier était en admiration devant la joie et l'assurance de ces femmes. Et de partout accouraient des hommes espérant trouver une épouse parmi l'une de ces merveilles. Surtout des Américains.

Vingt ans plus tard, je retourne en France. Je tombe des nues. Presque plus une femme élégante. Plus un rire, voire un sourire. Rares sont celles qui paraissent encore féminines.

Je vois surtout des femmes aigries, autoritaires, même agressives. Qui claquent les talons comme des colonels de gendarmerie. Si l'on essaie d'engager la conversation avec certaines, elles vous regardent d'un air suspect, presque hostile, ayant l'air de dire : « Que veux-tu, mâle affamé ? »

Disparus les petits tailleurs. Disparues les queues de cheval. Disparus la gaieté, les rires. Mais que s'était-il donc passé dans la douce France ces vingt dernières années ???

Un journaliste anglais, correspondant de Reuters à Paris, me l'expliquera un soir — après son troisième verre de whisky — au bar du Georges V :

- « La France a pris l'habitude de copier ce qui se fait aux Etats-Unis. Généralement avec deux ans de décalage. Le mouvement *"women's lib"*, la "libération de la femme" du début des années soixante-dix ne fut pas une exception…

Mais ce qui n'avait été en Amérique qu'un mouvement marginal, créé par des bourgeoises gâtées qui s'ennuyaient dans leur *"country club"*, fut institutionnalisé en France. Il fut repris par les partis politiques de la gauche qui cherchaient un nouveau cheval de bataille. Leur ancien slogan, la "lutte des classes", ne faisait plus recette, n'était plus crédible face à l'opulence générale et croissante.

Alors, le mythe de la femme opprimée, exploitée et de seconde classe, arriva juste à point.

Et cela se transforma en une sorte d'hystérie collective. Ce devint une vraie religion, attisée par la presse, par le pouvoir naissant de la télévision, par l'esprit de mai soixante-huit, et par une mode du militantisme.

Ainsi le caprice inventé par quelques dames alcooliques et lesbiennes de la banlieue new-yorkaise devint une institution nationale en France. Enseignée dans les écoles. Représentée même par un ministère, le ministère de la Condition féminine, institution unique au monde. Ce qui est bien triste. Car cette mentalité féministe consiste finalement à infuser aux femmes ce même complexe d'infériorité qui ronge l'esprit de certaines minorités raciales des pays industrialisés. Il fait croire aux femmes qu'elles sont des victimes, qu'elles sont exploitées, et qu'il leur faut haïr l'homme, ce "tyran". Il faut aussi les persuader qu'elles sont les victimes sexuelles de l'homme.

Les femmes, qui avaient pourtant utilisé leurs atouts depuis des siècles pour se tailler la part royale de la société, devaient maintenant réapprendre leur rôle. Si l'on regarde de très près, ce féminisme n'est au fond que l'introduction d'une mentalité de prostitution au sein de la famille et des relations humaines. Ce qui mène inévitablement à la marginalisation de ces femmes.

Non, vous ne me croyez pas ? Alors allez demander aux trente millions d'Américaines divorcées ou restées seules.

Et le sort de l'homme moderne français rejoignit celui du mâle urbain américain : "Le matin, en route pour ton travail, tu te bagarres pour ta place dans les embouteillages. Arrivé au bureau, tu te bagarres contre les jeunes loups qui veulent ton poste. A midi, tu te bagarres pour une place à la cantine. Puis tu retournes au travail te défendre contre les jeunes loups. Ceci tous les jours, tout au long de l'année. Le soir recommence la bataille des embouteillages. Puis, finalement, après une journée de dure lutte contre les autres, qui veulent tous être devant toi, tous être mieux que toi, tous être plus haut que toi, tu arrives épuisé à la maison.

Le repos mérité, souffler un peu. Pour avoir combattu comme Rambo toute la journée afin de payer les traites du rêve de promotion sociale de Madame : le pavillon de banlieue., la voiture haut de gamme, la télé stéréophonique couleur à télécommande. Les meubles imitation Louis XVI. La vidéo machin. La porcelaine blanche. L'ordinateur inutile. Les robes à griffes. Les tonnes de maquillage. Le coiffeur toutes les semaines. Et la bicyclette d'exercice à compteur électronique, indispensable pour effacer la culotte de cheval.

Mais tu rêves. Pas de répit ! Maintenant il faut te bagarrer avec ta femme. Car elle aussi, femme libérée, veut être au-dessus de toi. Meilleure que toi. Tu n'es qu'un sale exploiteur, voyons….

Pauvre homme ! Te voici face aux mêmes conditions qui ont tant favorisé la progression de l'homosexualité aux Etats-Unis. Jusqu'à quinze pour cent de la population mâle. Peut-être ces hommes cherchaient-ils entre eux l'affection refusée par leur femmes. »

Bon, cher Marlon, excuse mes divagations. Mais tu me connais et je voulais seulement bien t'expliquer quel moule avait formé "Madame". Et je sais que tu adores ce genre d'histoire…

Car ton atoll, ton rêve, cette dernière terre vierge, était maintenant tombé entre les mains d'une femme ambitieuse et égocentrique. Par délégation de son mari qu'elle a domestiqué.

Lorsque les femmes parlent d'égalité, elles entendent prise de pouvoir.

Elle avait tout de suite vu le potentiel de l'île : le pouvoir absolu. Elle allait y établir le monde parfait tel qu'elle le voyait. Elle y introduirait ce qui manque le plus au monde : de la classe. Madame s'y connaissait en classe. N'avait-elle pas une grand-tante aristocrate ? Elle le répétait bien assez souvent à André pour lui prouver sa supériorité.

Elle ordonna à André de créer un poste de secrétaire pour s'introduire officiellement dans l'entreprise. Il n'y avait jamais eu de paperasse à Tetuara. A qui écrire ? L'on se voyait tous au moins dix fois par jour.

Mais dès cet instant, si un employé faisait une "faute", on le lui notifiait par écrit. Mais il fallait aussi délivrer cette missive. Et cela n'aurait pas été digne du rang de Madame. Alors, elle embaucha un planton.

Elle se rendit aussi vite compte que les Tahitiens n'étaient pas vraiment impressionnés par son importance. Elle, la femme du directeur. Madame la Directrice.

Ainsi fallait-il introduire sur l'atoll des personnes qui puissent apprécier son rang. Des gens "civilisés". Des Européens. Le bar n'avait-il pas besoin d'un responsable ? Un vrai chef de cuisine n'était-il pas indispensable ? Et la boutique ? Et les jardins ?

On embaucha. Chef de bar plus un assistant pour la petite hutte de dix places sur la plage. Une responsable de la boutique, cette petite pièce étalant misérablement quelques *pare'u*, T-shirts et cartes postales gondolées par l'humidité. Une gouvernante pour ces filles qu'elle ne comprenait pas. Un maître d'hôtel et un sommelier pour le restaurant. Un chef jardinier, alors que les cocotiers et les pandanus poussaient seuls depuis des millénaires.

Elle partit elle-même à Papeete embaucher ce monde, pour choisir ceux qui faisaient bien la courbette.

Et on embaucha encore plus. Deux réceptionnistes pour

accueillir la dizaine de clients qui débarquaient de l'avion deux fois pas semaine. Et surtout des jardiniers. Car Madame avait décidé de transformer cet atoll de sable et de corail en jardin tropical.

On fit venir des engrais. On importa de grands broyeurs pour faire du compost. Il fallait des fleurs pour avoir de la classe. Le sable et les cocotiers ne suffisaient plus. Il fallait même changer la nature. La transformer. L'adapter à sa vision du "parfait".

Elle réussit ainsi à augmenter la population permanente de l'atoll de quinze à cinquante deux employés.

Mais il fallait aussi loger tout ce beau monde. Et pas question de mélanger les cadres avec les employés au village. Cela n'aurait pas été correct. Alors elle réquisitionna des bungalows clients. Ainsi ton petit hôtel tripla en nombre d'employés, mais n'offrait plus que douze chambres disponibles pour la clientèle. La vraie classe.

Analysons ce qui se passa du côté humain :

L'introduction de tout ce nouveau monde déstabilisa entièrement la fragile communauté. Elle se divisa tout de suite. Les locaux d'un côté, les expatriés de l'autre. Finie l'harmonie.

La grande majorité des Européens n'avait pas l'expérience de vivre en vase clos. Ainsi, au bout de quelques semaines, la tension monta inévitablement... Ils commencèrent à crier, à hurler. Ce que tu ne fais jamais avec les Tahitiens, car ils le ressentent comme une insulte.

La communauté tahitienne se referma alors sur elle-même, comme un bénitier, et se créa son monde à part pour préserver ses valeurs. Les locaux faisaient toujours bien leur travail, mais sans joie.

Ils ne plaisantaient plus avec les clients. C'était interdit maintenant. "Classe" oblige. Ils ne restaient plus après le travail à jouer de la guitare et à chanter. Ils n'invitaient plus les clients à aller pêcher avec eux. Ils ne leur montraient plus les petits secrets de la vie d'un atoll.

Finies les couronnes minutieusement confectionnées pour les clientes. Finies les longues conversations avec les clients en montrant l'album photo. Terminée la douce ambiance d'un village tropical, remplacée par la futilité et la vanité d'une société de classes, de castes. Tes Tahitiens étaient devenus des ombres, des zombies. Et ils eurent vite fait de noyer la douleur de ce nouveau monde, la société parfaite de Madame, dans tout l'alcool que leur paye permettait.

Mais Madame ne voyait pas. Ne savait pas voir. Elle n'avait pas connu la communauté auparavant, donc elle n'avait pas de critère. Les beuveries continuelles avec leurs drames ne faisaient qu'affirmer son opinion coloniale : elle, la "civilisée", devait former ces "indigènes".

Et elle avait beaucoup de difficultés pour maintenir sa société en place. Ses cadres se disputaient de plus en plus. Et de plus en plus violemment. Elle dût en remplacer constamment. Son mari même devenait moins coopératif. Et les employés ne voulaient pas lui obéir. Deux filles durent être renvoyées car elles s'obstinaient à tutoyer les clients. Et cette autre qui insistait pour aller au travail avec son bébé, osant même le poser sur le linge dans la "brouette de service".

Eh oui, Marlon, voilà l'enfer que cette femme créa. Elle était incapable de réaliser que rien ne sépare une mère polynésienne de son nouveau-né. Que ce gosse assis dans la brouette sous les cocotiers était justement l'image recherchée par nos visiteurs au bout de leur long voyage. Que les clients n'en avaient rien à f...tre des pantalons et vestons que Madame imposait le soir, au restaurant, afin de pouvoir jouer à la châtelaine. Qu'ils étaient fâchés lorsqu'elle chassait les enfants des employés qui pêchaient ou nageaient devant le bar.

Tu dois penser que j'invente.

Non ! Tout est noté, classé, dans le meuble de bureau rouillé dans la pièce à côté de la réception, l'ex quartier général de Madame. Je fus obligé de donner des grands coups de pied pour qu'il s'ouvre. Comme si l'air salé et l'humidité du grand océan s'étaient unis pour m'empêcher d'exhumer la douloureuse mémoire contenue dans ces archives.

Des archives qui contiennent, parmi d'autres, l'histoire de l'épopée du maxi voilier *"Eagle of Jamaica"* à Tetuara.

Je te la conte car elle décrit bien l'ambiance :

Ce grand bateau de course était équipé des plus modernes instruments de navigation satellite, GPS, système Omega, etc. Avant le départ de Papeete pour Honolulu, le capitaine entra les coordonnées de ces deux ports dans son super ordinateur, appuya sur un bouton, ce qui lui donna la route du grand cercle à suivre. Il la traça soigneusement sur sa carte du Pacifique et constata qu'il n'y avait pas d'obstacle sur sa route. Son crayon était bien gras, et ton atoll est bien petit à l'échelle du Pacifique. Ainsi il ne vit pas le tout petit point, le caca-mouche que représente Tetuara à l'échelle du Pacifique. Il était bien plus petit que la ligne qui le recouvrait.

Ainsi, le lendemain, à trois heures du matin, ton récif se trouva orné du plus moderne, du plus rapide, du plus cher des yachts de course du monde. Sa coque en lambeaux.

A l'aube, en allant relever les filets, Matahi découvrit cette masse au loin couchée sur le récif. L'atoll alerta la Marine nationale à Papeete qui décida d'envoyer un hélicoptère.

Madame devint alors tout excitée. Un navire de cette classe sur "son" île. Finalement un visiteur digne de son royaume. Un Anglais par dessus le marché ! Il fallait le recevoir avec élégance. Ce pourrait être son introduction à la haute société, elle qui est si raffinée.

Elle courut à la cuisine et ordonna au chef :

- « Vite, vite ! L'hélicoptère arrive. Il me faut de l'eau chaude, des sachets de thé. Et du sucre. Et des petits fours. Vite, vite ! »

Le chef, depuis longtemps agacé par Madame et de fort mauvaise humeur ce matin là :

- « Je suis chef. Je ne sers pas ! »
- « Mais c'est une urgence. Vite ! vite ! »
- « Je suis chef, donc je ne sers pas ! »

Voyant le chef nerveux, elle aurait très bien pu faire bouillir l'eau elle-même et apporter les tasses. Mais ce n'était pas "digne de son rang". Elle répondit :

- « Je vais le dire à André ! Il vous chassera ! »
- « Ton gigolo sans c…s, tu peux te le f… où je pense ! »

Il fallut réveiller le sous-chef pour servir Madame et les naufragés. L'hôtel perdra à grands frais un excellent cuisinier. Tout cela pour que Madame puisse recevoir dignement le capitaine naufragé supposé être si distingué. Lequel en fin de compte était encore plus stupide qu'elle. Trois millions de dollars éparpillés sur le récif étaient là pour en témoigner.

Mais le thé fut tout à fait charmant, et les compliments échangés exquis.

Or plus le temps passait, plus Madame devenait intransigeante avec les employés, plus la tension montait. Des dossiers entiers de notes de service en témoignent tristement.

Alors, le Dieu Neptune, ou peut-être est-ce le Dieu Hiro, ont eu pitié de ton atoll qu'il avait créé avec tant d'amour.

Comment continuer à observer passivement le ballet macabre de cette folle ambitieuse ? Peut-être étaient-ils aussi fâchés qu'elle n'ait jamais regardé une seule fois ni les bleus du lagon, ni la tendresse des mamans oiseaux pour leurs petits, ces boules de duvets blanc précairement en équilibre sur une branche… Qu'elle ne se soit jamais sentie infiniment minuscule sous cette fabuleuse voûte étoilée qu'est la nuit tropicale sur une île. Qu'elle ne l'ait peut-être même jamais aperçue.

Alors les Dieux se sont révoltés. Ils ont gonflé leur torse et ont soufflé un cyclone. Un petit cyclone. Un ouragan juste assez fort pour nettoyer l'atoll du monde de Madame. Un monde d'un autre lieu et d'un autre temps.

Pas assez fortement pour faire des victimes. Juste assez de vagues géantes pour raser une dizaine de bungalows. Suffisamment pour noyer les belles fleurs de Madame avec l'eau de mer. Assez pour coucher quelques milliers de cocotiers, mais tu en as des millions. Juste assez pour fermer l'hôtel. Suffisamment pour renvoyer tout le monde chez soi. Suffisament pour rendre à l'atoll sa sérénité.

Vois-tu, cher Marlon, nos îles sont impitoyables avec ceux qui ne les respectent pas. Regarde les îles Gambier avec leurs immenses cathédrales vides. Regarde l'île de Norfolk avec son bagne en pierres sculptées. Regarde le désastre de l'atoll de Bikini. Regarde les statues de l'île de Pâques. Tous sont les vestiges de rêves d'empire. Tous, sont aussi des monuments à la souffrance d'un peuple doux et paisible.

Nos îles seront toujours fatales aux arrogants et aux tyrans. Car dans ces univers fermés, ils se retrouvent vite face à eux mêmes. Comme pris dans un piège. C'est inévitable.

Peut-être est-ce cette leçon de modestie permanente qui est à l'origine de la douceur et de la tolérance de la société polynésienne.

Voilà, Marlon, ce qui s'est passé sur ton atoll.

Oh ! Encore une chose. J'ai presque oublié : tout au fond du bureau rouillé, derrière quelques classeurs vermoulus, j'ai retrouvé le bilan financier d'une année de la "société parfaite" de "Madame" : 538 222 dollars de perte sèche. Les rêves des Madames sont aussi très, très chers !

Et c'est toi qui a tout payé. Pauvre Marlon !

A bientôt. »

———————

Marlon arriva six semaines plus tard de Californie pour inspecter les dégâts sur Tetuara. Je l'accompagnais.

Debout à côté du petit avion bimoteur, ses cheveux blancs flottant dans l'alizé, Marlon regarda longuement la dune étincelante de sable blanc qui s'étire dorénavant entre la piste et la palette des bleus turquoise du lagon. Là même où se trouvaient jadis dix petits bungalows coquets avec leurs toits en feuilles de cocotier tressées.

Muet, je l'observais en m'appuyant contre la carlingue de l'appareil pour lui laisser le temps d'encaisser le choc face à l'ampleur des ravages causés par le cyclone. Le pilote aussi avait ressenti la sérénité du moment et restait impassible dans son siège.

Au bout de plusieurs longues minutes, Marlon brisa le silence en se tournant vers moi et dit avec un sourire narquois :

- « *Yep ! It for sure cleaned it up, didn't it ?* »

(« Ouais… Il y a vraiment eu un bon nettoyage, n'est-ce pas ? »)

LA HONTE DU VIEUX

L E VIEUX était assis sur le fauteuil de la véranda. Il était triste. Il pensait au passé. A son passé. A ces soixante seize années passées. A sa vie.

Il avait honte parfois, il avait si honte qu'il lui arrivait de pleurer. Honte lorsque les souvenirs remontaient, les souvenirs d'il y a quarante ans, souvenirs de sa jeunesse.

Que les îles étaient belles alors. Combien facile était la vie. Qu'il était bon alors de se promener le long du rivage et de saluer tout le monde en passant devant les maisons.

Qu'il était beau le lagon, plein des couleurs des coraux, des ombres des poissons qui s'enfuyaient dans une eau bleu-clair. Il ne fallait que quelques minutes pour pêcher les trois poissons que sa grand-mère attendait pour le déjeuner.

Lorsqu'il fut plus grand, il alla à l'école où on lui apprit que le poisson se garde mieux dans le frigo que dans le lagon.

Ainsi, il commença à pêcher vingt poissons par jour pour acheter un frigo, pour mieux conserver le poisson. Mais, quand il eut le frigo, il fallut le remplir, c'est pourquoi il pêcha encore plus de poissons. Et pour payer l'électricité pour mieux conserver le poisson, il fallait pêcher encore d'avantage. Et pour aller vendre tout ce poisson, il fallait acheter une voiture et pour payer la voiture, il fallait pêcher des centaines de poissons par jour. Mais, pour pêcher tant de poissons, il fallait un bateau à moteur et pour payer ce bateau, il fallait pêcher toujours plus de poissons, et les bénitiers, et les langoustes et tout ce qui était dans le lagon.

C'est pour cela qu'aujourd'hui le vieux pleure sur son balcon. Il pleure sa honte. Car cela fait longtemps qu'il n'y a plus de poissons, plus de bénitiers, plus de langoustes, plus rien dans le lagon. Il ne peut même plus trouver un poisson par jour pour se nourrir. Il ne pleure pas parce qu'il a faim, il pleure parce qu'il a honte.

Honte devant ses ancêtres. Eux qui avaient pensé à lui, eux qui n'avaient pris que le nécessaire et lui avaient laissé un lagon plein de poissons pour qu'il puisse nourrir ses enfants et petits-enfants.

Il avait tellement honte, car lui, il avait tout pris pour lui-même, absolument tout pris comme un égoïste, sans penser aux autres. Il avait tout pris pour acheter des choses dont on lui avait dit qu'elles étaient nécessaires, qu'il serait un vrai homme avec ces choses. Il les avait cru, il avait ravagé le lagon pour acheter ces choses. Ces choses qui sont cassées et pourries depuis longtemps, là, derrière la maison. Mais le lagon, lui, est toujours triste et mort.

Il avait honte car ses enfants ont dû partir, partir loin dans une grande ville froide, partir travailler dans une usine grise et sale, partir pour gagner de l'argent pour acheter à manger. Car ici, près de leur famille, ils ne pouvaient plus se nourrir. Il n'y avait plus de poisson.

Voilà pourquoi le vieux avait honte, tout seul dans sa maison, face au lagon mort. Honte que lui seul ait détruit ce que les centaines d'autres générations avaient conservé pour lui et ses enfants.

Il avait honte d'avoir vécu.

Alex W. du PREL
Opuhi Plantation, Moorea, Pacifique Sud

L'AUTEUR

Né en 1944, Alex W. du Prel a fait des études en France, en Allemagne, en Espagne et aux USA. D'abord, il bourlingue comme ingénieur du génie civil sur des grands chantiers pétrochimiques et portuaires aux Caraïbes et en Amérique latine.

En 1971, il est l'ingénieur responsable des hôtels de la chaîne Rockefeller (Rockresorts) aux Antilles. Transféré par la compagnie vers l'île de Hawaii en 1973, il effectue la traversée de l'Océan Pacifique en solitaire sur son yacht, un voilier de 12 mètres qu'il a lui-même construit. La longue solitude du voyage (deux mois et demi) transforme profondément le barème des valeurs de l'auteur. Il abandonne la "carrière" pour continuer de voguer dans atolls du centre et de l'Est du Pacifique, avec aussi des arrêts de plusieurs mois dans des atolls inhabités. Les contacts intimes avec la vie et la mentalité des populations polynésiennes authentiques car isolées font de lui un adepte et ardent défenseur de ces reliques d'une fragile civilisation.

Personnage international, spécialiste du Pacifique-Sud, Alex W. du Prel parle six langues et écrit en trois. Polyvalent et autodidacte, il a exercé une multitude de métiers pour maintenir sa liberté de mouvement : serveur, géomètre, maître d'hôtel, soudeur, interprète, ingénieur, régisseur de plantation, directeur d'hôtel, acteur de cinéma, mécanicien itinérant, convoyeur de bateaux, cuisinier, professeur de langues, chef de chantier, conseiller économique pour le gouvernement, journaliste, etc...

En 1975, il fait escale à Bora Bora et y crée et construit le Yacht Club de Bora Bora, un petit hôtel qui devient vite le point de rendez-vous de tous les grands navigateurs de l'époque. Pour des raisons familiales, il vend le Yacht Club en 1982 et s'installe à Moorea, l'île sœur de Tahiti. Entre autres, il assure pendant deux ans la direction de l'atoll de Tetiaroa, propriété de Marlon Brando.

Après avoir appris le journalisme comme pigiste aux *"Nouvelles de Tahiti"*, il fonde en 1991 et publie depuis *"TAHITI-Pacifique magazine"*, seul mensuel d'information et d'économie francophone du Pacifique Sud.

Alex W. du Prel est marié à une Tahitienne qui lui a donné une fille.

Ce livre vous a fait passer
un moment agréable ?

Vous désirez connaître d'autres nouvelles sur les îles des Mers du Sud ? Alors lisez le seconr recueil de nouvelles, "**Tahiti, Paradis en Folie**", du même auteur !
Vous y découvrirez la suite de ce livre, sept au-tres nouvelles de Polynésie, entre autres celles qui racontent comment Francis se démène pour faire survivre son "village polynésien" à Moorea, comment Horst trouve la femme de ses rêves à Bora Bora, une aventure qui laissera des marques, mais aussi le "petit" problème écologique qui frappe un atoll, ainsi que le profond mystère du "fou" qui ne veut pas quitter l'hôpital psychiatrique de Vaiami à Pape'ete.

Les livres d'Alex W. du Prel existent aussi dans leurs versions anglaise sous les titres de :

Tahiti Blues

et

Crazy Tahiti Paradise

Merci pour votre intérêt.